JN140487

ドストエフスキーの戦争論

『作家の日記』を読む

三浦小太郎
MIURA Kotaro

萬書房

序

ドストエフスキーの『作家の日記』は、この文豪が『市民』という雑誌に、一八七三年から約一年間連載した同名のエッセイに始まる。ドストエフスキーは以前から、時局問題や世相などについて、自由に語ることのできる連載の場を求めていた。そこに、当時、雑誌『市民』を発行していた青年貴族メシチェールスキー公爵から、編集長への就任を依頼されたのである。ロシア文学者米川正夫によれば、この雑誌は、僧侶階級や宮廷方面に多少の購読者を得ただけの「浅薄な反動派の雑誌」にすぎず、公爵は高名な作家を編集長に迎えることにより読者を増やそうとしたものらしい。しかし、ドストエフスキーとしては、この雑誌を通じて、いかなるテーマであれ、自由にものを書ける場を定期的に得たわけである。約一年間、この雑誌での『作家の日記』の連載が続く。

しかし、ドストエフスキーを悩ませたのは雑誌編集の徒労さだった。送られてくる原稿にはすべてていねいに目を通したが、メシチェールスキー公爵の文章をはじめ、彼の目から見ればあまりにレベルの低いものが多く、いちいち訂正すれば執筆者とのトラブルも生まれる。結局、ドストエフスキーは約一年で職を辞するが、個人雑誌を発行し、読者と直接の交流を行いつつ、時事問題についての意見を表明したいという意志はますます強まることになった。

そして一八七六年一月、ドストエフスキーは、完全な個人雑誌として『作家の日記』を、妻アンナの協力のもと刊行し、『カラマーゾフの兄弟』執筆などによる中断はあったものの、その死の年一八八一年まで発行しつづけた。全体の分量は米川によれば、長編小説『カラマーゾフの兄弟』の倍以上にも及ぶ。そこには都市の風景を記すエッセイ風のものから、犯罪事件への論評、政治評論、文芸批評、そして短編小説などが含まれる。

しかし、かつてこの『作家の日記』は、この文豪による極めつけの「反動的政治論」とみなされ、そこにいくつか連載された短編小説を除けば、ほとんどまともな評論の対象とされない時期すらあった。ドストエフスキーはこの連載で、西欧文明は近代化の果てに、道徳性も伝統も失い内部から破綻していくであろうと述べ、その混乱の中から生じる共産主義革命と国家間戦争が、ついに西欧社会を破滅させることを予言し、そのときはロシアこそが世界の救世主として現れることを説いた。さらには、西欧文明批判の論調の中では、ユダヤ人やカトリックに対する反感や偏見をあらわにし、時には陰謀論やレイシズムまがいの記述さえのぞかせている。

さらにドストエフスキーは、ロシア国内における、当時の近代的、進歩的知識人を、民衆から遊離した西欧崇拝の根なし草的存在として激しく批判し、ロシアの近代改革そのものにも多くの疑問点を示した。逆に、知識人からは蒙昧と迷信として批判されがちの、ロシアの民衆の正教信仰、さらにはロシア皇帝への崇拝すらも肯定的に評価、時には讃美した。それればかりか、ドストエフスキーは当時の露土戦争（ロシア帝国の対トルコ戦争）を、ロシア民衆により支持されている〝聖戦〟として讃美し、コンスタンチノープルはロシアが占拠し統治すべきだとまで唱えたのである。ここに至っては、ドストエフスキーは悪しきポピュリズム、ロシア帝国の侵略主義、覇権主義のイデオローグとみなされかねなかった。

だが、そのような表層の言質にとらわれることなく、『作家の日記』を、ドストエフスキーの思想が、彼の小説以上に率直に語られている作品として、深く読み込もうとした人たちも存在した。ドストエフスキーの全集を訳した米川正夫が優れた解説を寄せて以後、小林秀雄、河上徹太郎、勝田吉太郎などが本質を突いた批評を記し、また思想史家渡辺京二は『ドストエフスキイの政治思想』（洋泉社）にて、おそらく日本で初めてこの作品の本質に迫る評論を行っている。ギリシャ正教やロシア思想史の専門家からも、ここでのドストエフスキーの思想をロシアの伝統精神に位置づけて紹介する試みがなされている（高野雅之〔こうのまさのぶ〕『ロシア思想史』など）。

しかし『作家の日記』は未だに読まれざる作品である。ドストエフスキーの代表的な小説は、ほとんど例外なく文庫化され、複数の訳者による再新訳などで入手することができるが、本作は、米川正夫訳による河出書房新社全集版の第一四・一五巻および岩波文庫全六巻か、もしくは、小沼文彦訳によるちくま学芸文庫の全六巻を、それも中古で購入する以外では、現在のところ入手できない。だが、これはあまりにも惜しい話である。なぜなら『作家の日記』は、現代のわたしたちにとっても大変意味深いとともに、あまりにも現代的かつ「面白い」読み物であるからだ。

『作家の日記』には、素朴で時として野蛮なまでの愛国心もナショナリズムも、先述したような排外主義すらも含まれている。しかし、それは一九世紀後半のロシアにおける近代的価値観の流入による、伝統文化の崩壊、近代的・進歩的知識人の伝統と民衆への蔑視、伝統から切り離された民衆の道徳的堕落と表裏一体をなす。あまりにも安易に近代的価値観を受け入れ、過去の伝統を破壊してしまったロシアの現状への批判が、つねにドストエフスキーの愛国心の基底をなしているのだ。同時にドストエフスキーの近代批判は、世界が単一の価値観で支配されていくことへの拒絶の意志を示す意味で、まさに反グローバリズムの先駆ともみなせよう。

とくに『作家の日記』の中核をなすのは、露土戦争についての記述である。ドストエフスキーは、この戦争をロシア政府の領土的野心とは切り離し、民衆レベルでの〝聖戦〟として全面的に肯定した。そこではロシア義勇兵の勇気と信念が讃美され、この戦争は、安易な近代化や「国際化」に抗し、西欧近代の価値観と戦い、それを越えた新たな国民精神を復興させようとする、ロシア民衆の側からの精神運動としてとらえられている。戦争を「国益」や「リアル・ポリティクス」の論理で語ろうとする現実主義者たちの論理をもドストエフスキーは批判した。ドストエフスキーにとってこの戦争の目的は、ロシアの国益のためのものではなく、あくまで思想の問題、民衆精神の覚醒と近代を乗り越える価値観を見出すためのものだった。彼の〝聖戦〟論は同時に「近代の超克」でもあったのだ。

それと同時に、『作家の日記』ではしばしば社会改革や福祉の充実の必要性が提起され、とくに弱い立場の女性や、児童虐待に対するドストエフスキーの告発は、現在のフェミニストやヒューマニストも驚くほどの激烈さである。西欧諸国の偽善や文明の行き詰りに対する激しい批判が行われるのと同時に、ドストエフスキー自身が若き日に愛し憧憬した、西欧文明の偉大さと普遍性もまた哀惜とともに称賛されている。そして、最晩年に行われ『作家の日記』に収録されたプーシキン記念講演では、民族性を貫くことがそのまま普遍性に直結していく人類の理想が語られる。ここには、西欧近代を批判するとともに、深い憧憬と敬意をもって受け入れてもいたドストエフスキーの二重性が、その文学作品以上に明確に表れているといってもいいだろう。

この『作家の日記』で論じられている、以上のようなテーマは、わが国が明治維新以降、西欧近代に直面したのち、現在に至るまで抱えてきた問題意識とかけ離れたものではない。いや、それどころか、まるで日本の知識人と民衆とがたどってきた思想的・歴史的経路とほとんど重なってみえるほどの共通点をもっている。西欧近代、とくにその個人の確立と自由という概念が、江戸時代の封建的な伝統精神を大きく解体させたことは疑いをえない。そして、近代資本主義や自由主義の導入は、日本に近代化をもたらすと同時に、富の格差、民衆と知識人の分離、近代的価値観への反抗としてのさまざまなアジア主義・民族主義思想の勃興、そして西欧文明への対抗としての「聖戦」「八紘一宇」[*1]「大東亜共栄圏」の理念をもたらした。『作家の日記』におけるドストエフスキーの、スラブ民族を解放する〝聖戦〟論との間には、あまりにも深い共通性がみられる。

さらに『作家の日記』は、現代のさまざまな問題、いわゆるグローバリズムとナショナリズムの衝突、資本主義や近代化が破壊する伝統と、それへの反動として起きる宗教原理主義、また、その際にしばしば民衆も知識人も陥りがちな陰謀論やレイシズム、「文明の衝突」の単純な論理すらも予言されているかに読める、きわめて現代的な作品なのだ。

本書は、以上のようなさまざまな視点から、この作品に描かれたドストエフスキー思想の現代的意義を、読者に伝えることを目指して書かれたものである。

ドストエフスキーの戦争論●目次

凡例

一、『作家の日記』からの引用は小沼文彦訳（ちくま学芸文庫）を使用した。
一、引用文中の（　）は原註、〔　〕は引用者（三浦）による註を示す。
一、引用文の傍点はことわりのないかぎり原著者による。
一、読みやすさのため、旧仮名遣いは現代仮名遣いに改めた。
一、トルコの国名について。当時の国名は正式には「オスマン帝国」で、トルコが国名に使われるのは一九二三年「トルコ共和国」より。ただし、当時より通称として「トルコ」と呼ばれていたため、本書でも「トルコ」（場合によっては「オスマン帝国」）を使う。

第一章　ドストエフスキー対トルストイ

露土戦争のはじまり

一八七五年、バルカン半島で、当時はオスマン帝国（以下、トルコ。凡例参照）の領土だったボスニア＝ヘルツェゴビナにてトルコ支配に対する反乱が生じた。一八七六年、セルビア公国とモンテネグロ公国は、いずれもトルコの事実上の支配下にあったものの、この反乱を支持して完全独立を求めトルコに宣戦を布告。同年にはブルガリアでも民衆蜂起が続く。だが、トルコ軍はこれらの反乱を軍事的に制圧、しかもブルガリアでは約四万人の民衆が虐殺されるという事件が起きた。従来、ロシアの南進を阻止するためにトルコを支持する傾向があったイギリスも、この虐殺事件によりトルコ支援をためらうことになる。

ロシア政府はこの問題には当初慎重な態度を取っていた。一八五三年のクリミア戦争[*1]以後、西欧諸国との協調外交を重んじていた政府としては「スラブの解放」を強調することによって、同じくスラブ民族を国内に抱えるオーストリアとの摩擦を恐れていたのである。

一方、ロシアの地主貴族階級は、クリミア戦争の敗北によって、トルコに黒海の制海権を奪われたことで、領地から得た農産物の輸出路がしばしばトルコによって閉ざされることによる経済的な痛手を受けていた。彼らは政府を突き上げて、スラブ民族の独立を成功させ、かつトルコから制海権を奪い返すことを求めた。

しかし、何よりもこの問題に積極的に立ちあがったのは、ロシアの民衆、そして当時のスラブ主義知識人、運動家の人々だった。同じスラブの同胞を、異教徒トルコ人の残虐な暴力から解放する〝聖戦〟を叫ぶ民衆の声が高まり、ロシア政府が宣戦布告する以前から、ロシアの将軍チェルニャーエフが率いる義勇軍がセルビアに向けて出陣した。当時のスラブ主義者で優秀な組織者であり、また扇動者でもあったイワン・アクサーコフは「スラブ慈善委員会」（のちに「協会」と改名。なお、ドストエフスキーもここに会員として参加している）という民間組織を通じて、民衆には対トルコ義勇軍への参加や経済支援を、ロシア政府には対トルコ戦争の宣戦布告を呼びかけた。

アクサーコフは「ブルガリア人やセルビア人がこれほど恐ろしい戦いを、これほど長いあいだ戦わねばならないのはなぜか。理由はただ一つ、彼らが正教徒でありスラヴ人だということ、ロシアと同じ信仰を持ち、同じ民族だということ、それだけが理由なのだ。そういう罪のために彼らは苦しんでいるのだ」[*2]と演説し、民衆に大きな影響を与えた。

さまざまな思惑が交錯する中、ロシア政府は、国際的情勢は有利と判断し、一八七七年四月、「スラブ民族の救援」を宣言してトルコに宣戦布告し、露土戦争がここに始まる。

この戦争に対し、同時代を生きた二人の文豪、ドストエフスキーとトルストイは、まったく真逆の態度を示した。あえて単純化すれば、トルストイはロシア民衆の義勇軍参加も、またロシア政府の対トルコ戦争も、反戦論の立場から断固として否定し、ドストエフスキーは、民衆の対トルコ〝聖戦〟への思いと、ロシア政府の宣戦布告を熱烈に支持したのである。

ドストエフスキー対トルストイ

ドストエフスキーは『作家の日記』一八七七年七月号から八月号にかけて、トルストイが『アンナ・カレーニナ』最終章で記した「反戦論」に対し、きわめて興味深い批判を展開した。

ドストエフスキーはまず、トルストイの『アンナ・カレーニナ』から、主人公レーヴィンの露土戦争についての言葉を引用する。まずレーヴィンは、民衆の義勇軍参加それ自体を否定する。ロシア政府が未だ宣戦布告していないのだから、個々の国民が戦争に参加すべきではないというのだ。

「戦争というものは、一方からいうと、じつに動物的な、残酷な、ひどいものですから、どんな人でも――なにも、キリスト教徒とはいいませんが――とにかく開戦の責任を、個人として引き受けることはできませんよ。それは、ただ、不可避的に戦争に狩りたてられてしまった政府だけにできることなんです*3」

ロシア民衆は、罪のない老人や女性、そして子供が殺されていることに義憤を感じて立ち上ったのだ、お前だって、往来で酔っ払いが婦人や子供を殴っているのを見たら、宣戦布告だの法律だの考える暇もなく、その酔っ払いから被害者を守ろうととびかかるだろう、というこの言葉への反論にも、レーヴィンはさらにこう答える。

「でも、殺しはしませんよ」（中略）「そんな場面を見たら、ぼくだって、その場のせっぱつまった感情に身をまかせるでしょうが、でも、前もってどうということはできませんね。それに、スラブ民族の迫害という事実に対しては、そんなせっぱつまった感情をもちあわせていません」（中略）「ぼく自身も民衆のひとりですが、ぼくはそれを感じていませんからね」[*4]「〔迫害されているスラブ民族の救援という理想のために犠牲になろうとする民衆の意志をたたえる発言に対し〕しかし、なにもただ犠牲になるばかりじゃなくて、トルコ人を殺すんじゃありませんか」（中略）「民衆が犠牲になったり、いや、犠牲になる覚悟でいたりするのは、自分の魂の救いのためで、殺人のためじゃありませんからね」[*5]

このレベルの「反戦論」に対しては、ドストエフスキーはやすやすと反論することができた。まず、国家（政府）のみが宣戦を布告することができる、というレーヴィンの言葉に対しドストエフスキーは、この戦争におけるロシア義勇軍は、ロシア民衆の自発的な意志により結成され、かつ圧倒的な支持を受けていることをまず強調する。しかし、実はそこに反論の本質はない。ドストエフスキーは、民衆が既存の政府や政治家の意志を乗り越えて行動しようとするとき、仮にも権力よりも民衆の意志を尊重する知識人であるならば、それを権力の側の論理で否定すべきではないという原則に立っているのだ。この点ではドストエフスキーのほうがトルストイ（レーヴィン）よりもはるかに「革命的」な立場に立っている。

さらに、酔っ払いが暴行を働く事例を、対トルコ戦争の是非の比喩として持ち出すトルストイに対して、ドストエフスキーは、何も一個人の暴力を止めるだけなら「酔っぱらいを殺す」必要はあるまいと一蹴する。そして、現在のトルコによる虐殺や弾圧はまったく別次元の問題であり、トルストイの論理をもし戦場に適用すればどうなるかを次のように説明し、その欺瞞性を批判している。

「ではひとつこんな場面を想像してみることにしよう。（中略）レーヴィンはすでに、剣をつけた銃を手にして、その現場に立っている。それから二歩ほど離れたところではトルコ人が早くも抱きかかえられた子供の目を針で突き刺そうとして、いかにもご満悦の様子で身構えている。その子供の七歳になる姉が泣きわめきながら、トルコ人から弟を取り戻そうとして気違いのようになって飛びかかる。ところがレーヴィンは思い迷ってぼんやり突っ立ったままためらっている――『どうしたらいいか分からない。ぼくにはなんの感じもない。ぼくだって民衆のひとりだ。スラヴ民族の迫害に対する素直な感情なんてありもしないし、またあるはずもない[*6]』」

そして、レーヴィンの内心の声が、あのトルコ人を突き飛ばせ、子供を救えと叫んでも、レーヴィンの「反戦論」の立場ではこう考えるしかないとドストエフスキーは続ける。

「『突き飛ばせだって！　でも相手が子供を手放すのをいやがって、サーベルを引き抜いたらどうしよう？　ことによると、あのトルコ人を殺さなければならないことになるかもしれないじゃないか？』

『そうなったら殺すことさ！』

『いいや、殺すなんてことがどうしてできるものか！　だめだ、あのトルコ人を殺すわけにはいかない。そうだ、いっそのこと目でもなんでも突き刺させ、子供をなぶり殺しにするにまかせておいて、ぼくはキチイ〔レーヴィンの妻〕のところへ帰るとしよう』

つまりレーヴィンはこんなふうに行動しなければならないのだ。これが彼の信念と、彼が言っていることのすべてから、はっきりと出てくる結論である[*7]」

ドストエフスキーはトルストイに対し、あなたの説く平和主義は、現実にトルコで行われている虐殺や非人道的行為を止めることはできるのか、トルストイの小説の主人公は、その虐殺行為を目の当たりにしても、平和主義の名のもとに、ただ嘆くだけで看過するのかと批判する。さらに、今現実に起きている残虐行為をやめさせるためには、暴君たちから戦闘を通じて武器を取り上げるしかないと断定し、もしもそれに成功すれば個々のトルコ兵に対し報復を加える必要もないと主張した。

このようなドストエフスキーのトルストイ批判を読むとき、わたしは正直、戦後日本における平和主義の欺瞞性がここに語られているような錯覚を覚えてしまう。すくなくとも日本における平和主義には、その建前はどうあれ、世界のさまざまな戦争や虐殺、さらには人権弾圧に対し、平和主義の立場からどう対峙するか、それをいかにやめさせるかという深刻な問いに目を閉ざす傾向があったことは否定できない。人類の歴史の中で、戦争を防ぎ平和を維持するためにも一定の軍事力が必要であるという現実、同時に、独裁政権が「平和」の裡に民衆を弾圧し、収容所で殺害していくことを停止させるためには一定の圧力（もちろんそれは軍事的なものだけではないが）が必要だという現実を看過する人たちに対して、ドストエフスキーのこの言葉は未だに有効性をもっている。

トルストイの「原理主義的平和」が導く全体主義体制

しかし、ドストエフスキーはこのレベルでトルストイを論破して終わりにするつもりはなかった。ドストエフスキーは、トルストイの平和主義の本質を『アンナ・カレーニナ』から次のように読み取っていく。レーヴィンが、農作業の傍らで、一人の農民との間に交わした何気ない会話の中から、近代社会が捨て去ってしまった信仰と真理を見出そうとしている部分を、その意義を込めて的確に引用していく。同じロシア民衆の中でも、強欲な人間と、人に貸したものすら取り立てない善良な人間とがいることについて、この農民は次のようにいう。

「『人間にもいろいろあるからでごぜえますよ。自分の欲得だけで暮らして、ミチュハーみてえに、てめえの腹を肥やすことばかり考えてるのもありゃ、フォカーヌイチみてえな正直なじいさんもいるんでさあ。じいさんは魂のために生きてるんで、神さまのことを覚えているんでさあ』

『どんなふうに魂のために生きているんだい？』リョーヴィン〔レーヴィンのこと。以下同〕はほとんど叫ぶようにしていった。

『どんなふうにって、わかりきったことじゃごぜえませんか。正直に、神さまの掟（おきて）どおりに生きるんでごぜえますよ。いや、人間なんていろいろでごぜえますな。早い話、だんなさまだって、やっぱり人をいじめるようなことはなさらねえし』」[*8]

この会話のあと、レーヴィンは「心の中に新しいなにものかを感じ」林の中に駆け込み、白柳の下に横になって、ある種の歓喜に駆られながら考える。すでに生活そのものによって与えられ、どんな人間でも生まれつき身につけ、また、従わねばならない真理が、この素朴な言葉には込められている。なぜ真理を知識や思想の中に求める必要があったのか。ドストエフスキーによれば、トルストイの平和主義は、この農夫の言葉に込められた、民族や個人を越えた道徳的基盤の存在の上に成り立っている。

「どんな人間でもそれぞれ良心と善悪についての判断力を身につけて生まれてくる。したがって、善のために生き悪を嫌うという人生の目的を、はっきりと身につけて生まれてくるわけである。百姓も地主も、フランス人も、ロシヤ人も、トルコ人もみなこれを身につけて生まれ（中略）とにかく善をあがめている」*9

もちろん、この言葉自体は単純な性善説にすぎない。しかしここからトルストイの思想、平和主義の本質が展開される。「善のために生き、悪を嫌う」という「人生の目的」は、本来は人間の理性的判断からは非合理的なことなのだ。だからこそ、この精神は神によって無償で人間に与えられたものなのである。

「これが無償で与えられたものであるということには、抜き差しのならない証拠がある。この世の人間は誰でも、隣人を自分自身のように愛さなければならないということを、理解している、あるいは理解することができるというのがそれである。この知識の中に、本質的には、キリスト自身によって告げ知らされたように、人間の掟のすべてが含まれているのだ。ところが、この知識は生得のものであり、したがって、無償で授けられたものである。なぜならば、理性は絶対にそのような知識を与えてくれるはずがないからである。それはなぜか？　つまり、『隣人を愛する』などということは、理性によって判断するならば、不合理なことになるからにほかならない[*10]」

トルストイは「理性にとって判断するならば隣人愛は不合理である」と断定する。実はこの指摘においては、ドストエフスキーとトルストイはほぼ同じ思想的立場に立っていた。ここでいう「理性」とは、近代的な資本主義社会が生み出す合理的理性のことである。近代社会においてすべての個人は競争相手であり、個々人の物質的欲望の充足こそが人生の目的であり、個々人のエゴや欲求の衝突を防止し調整するのは、社会契約、法治の原則、政府による管理と富の再分配といった社会システムだけなのだという思想である。これはある意味、近代的価値観と個人の自由、そして資本主義経済を前提とすれば当然の価値観であり、当時のロシア社会はその近代化、資本主義化の波に覆われつつあった。

　トルストイはそこからの防波堤を彼独自のキリスト教信仰に求める。マタイ伝の「敵を愛し、迫害する者のために祈れ」という一節を、トルストイは、「敵」とはユダヤ教における「ユダヤ人の敵」を表すものと解釈し、この一文を「自己の民族とほかの民族の間に差別を置かないこと」「他の民族に敵意を持たないこと」を意味するものと読み込む。そこから「戦わないこと、戦争に参与しないこと、戦争を目的化して武装しないこと」をキリストは命じており、さらに「祖国愛、祖国の守護、祖国への賞賛、敵に対する戦闘」などはすべて、キリストの教えに反するものとしたのだ。

> 「生活全体が暴力の上に樹立され、すべてのよろこびが暴力によって獲得され、擁護される境地を排除して、復仇(ふっきゅう)行為がもっとも卑賤(ひせん)な動物的感情であること、暴力が恥ずべき行為であるのみならず、人間から本当の幸福を奪い取る行為であること、暴力をもって守る必要のないよろこびのみが真の生活のよろこびであること、深い尊敬に値するのは、他人のものを奪取し、他人から自己のものを死守し、そして他人から奉仕されるひとでなく、より多く自己のものをあたえ、より広く他人に奉仕する人間であるということ」

「祖国愛の形式のもとに鼓吹される民族的憎悪(ぞうお)を排除し、少年時代よりわれわれにとってもっとも剛毅(ごうき)な行為のように思われている殺人――すなわち戦争――の賞賛を排除して、すべてこれらの仕事にたいする恐怖と軽蔑とが教え込まれる社会」[*11]（トルストイ『人生・宗教・哲学』）

トルストイにとって、このような社会こそが彼が理想とみなしたものであった。

確かに、これは美しい言葉であり、気高い理想である。これはわが国の内村鑑三の精神に通じる言葉でもあり、マハトマ・ガンディーやマーティン・ルーサー・キング牧師らにトルストイが与えた影響をも想起させる。だが、この美しき理想の平和主義社会をもしも実現しようとすれば、トルストイがキリスト教に読み取った厳格な戒律による、すべての民衆への絶対的な精神への管理・支配が行われなければならないだろう。トルストイの理想社会では、この美しい言葉に反する精神は生きのびることを許されない。トルストイが、ロシア義勇兵による戦争も、またロシア政府の宣戦布告も徹底的に否定したのは、このような絶対的平和主義、というよりも宗教原理主義的立場からの姿勢なのである。

ドストエフスキーは、あらゆる「理想社会」を求める思想や運動は、理性によってすべてが支配されている社会、すべての民衆が、一人ずつその精神を「改造」され、理性的、合理的にしか生きられない、人間の自由が社会法則によって完全に抑圧される社会の確立にいきつくのだとみなし、それをしばしば「蟻塚の思想」と呼んだ。ドストエフスキーが共産主義を目指す社会運動を否定し、近代の進歩主義や合理主義の危険性を誰よりも深く批判したのもこの思想的原則によるものである。同じくこのトルストイの理想社会も、合理主義や共産主義イデオロギーではなく、いや、それよりもはるかに厳格な宗教的戒律による、人間の自由への徹底的な抑圧体制にほかならなかった。

ドストエフスキーがのちに『カラマーゾフの兄弟』で展開する、有名な「大審問官」の物語では、民衆には自由ではなく隷属こそが必要なのだと信じる独裁体制をしく宗教者が現れる。この物語は、カトリック専制体制とも、またスターリンやヒトラーの全体主義体制を予言したものとも論じられてきた。しかし、わたしたちは同時に、トルストイのような、キリスト教の戒律を絶対化する、平和主義と禁欲主義に基づく体制もまた、全体主義体制と同様のものであることを忘れてはならないだろう。

トルストイの民衆蔑視

露土戦争に熱狂して義勇軍に参加する民衆を、トルストイが批判するくだりには、平和主義者の独善性とともに、貴族的な視点からの「民衆蔑視」が鮮明に表れているようにドストエフスキーには感じられた。とくにドストエフスキーが許せなかったのは次のようなトルストイの視点だった。

「彼は、兄をも含めた数十人の人びとが、両首都へやって来た数百人の口のうまい義勇兵の話したことを基にして、自分たちこそ各新聞とともに、民衆の意志と思想を、それも復讐（ふくしゅう）と殺人とによって表現されている思想を、代表する権利をもっているなどということに、とても同意するわけにはいかなかった。彼がそれに同意できなかったのは、自分もまたそのひとりである民衆の中に、そうした思想の表現を認めなかったからであり、また自分自身の中にも、そうした思想を見いださなかったからであった[*12]」

『アンナ・カレーニナ』におけるレーヴィンの言葉には、「自分もまたそのひとりである民衆」ということでの表現同様、自分自身は「民衆」であることを強調する姿勢がしばしば垣間見られる。ドストエフスキーは、『アンナ・カレーニナ』という偉大な文学作品の本質的な弱点が、ここに如実に表れているとみなした。ドストエフスキーによれば、このような表現にこそ、近代社会における知識人と民衆の意識の乖離、軽々しく埋めることのできない精神の狭間に気づかない傲慢な姿勢が潜んでいるのだ。

「レーヴィンは好んで自分を民衆と呼んでいる。しかしこれは貴族の坊ちゃん、L・トルストイ伯爵が主としてその歴史家であった、モスクワの中流の上の部に属する貴族の坊ちゃんである。百姓はレーヴィンになにひとつ新しいことを言ったわけではないけれど、ともかくも彼にある思想を暗示して、その思想から信仰がはじまった。すでにこのことだけでもレーヴィンは、自分は完全な意味においての民衆ではなく、『おれは民衆である』などと口幅ったいことを言えた義理ではないのを、悟ることができたはずである。(中略) レーヴィンのようなこうした人たちは、いくら民衆とともに、あるいは民衆のそばで暮らしたところで、完全に民衆になりきれるものではない、いやそればかりか――多くの点で民衆を理解できるようには決してなれるものではない[*13]」

ドストエフスキーはトルストイを「貴族の坊ちゃん」という意地悪い比喩で、民衆とは別の恵まれた存在だとみなしているが、これは単に「階級制」だけを問題にしているのではない。知識人が民衆の中に入り込み、そこで生活することによって、民衆の、日々の生活と労働を支えている知恵や伝統の中にある真理を見出したとしても、それだけで民衆と自分が一体化したと思い込む姿勢こそ、知識人の傲慢そのものだと指摘しているのだ。

そのような知識人は、自分が見出したつもりの真理や理想を民衆が体現していると思える場合には民衆を礼賛し、しかし、それに反する行動や発言を民衆が行った場合は、愚かな民衆が騙されているのだとみなす民衆蔑視の姿勢に陥る。ドストエフスキーは、トルストイほどの文豪ですら、そのような安易な姿勢に落ち込み、民衆が現実に「平和主義」を否定し、対トルコの〝聖戦〟に熱狂する姿を受け入れようとしないことを批判した。トルストイの次の言葉には、さらなる民衆蔑視の意識が明確に表されている。

「そりゃ八千万の民衆の中には、いつだって、その社会的位置を失って、プガチョフの党だろうが（中略）セルビアだろうが、どこへでも飛びだして行く無鉄砲な連中が、今のように何百人だろうが、何万といるってことですよ……」[*14]

これは民衆を、無知蒙昧で扇動に騙されやすい存在とみなす「進歩派（懐かしい言葉だ）」知識人特有の視点であって、知識人から見て「愚行」「反動」とみなされる行動に走った民衆に対しては、決してトルストイは（そしてしばしば多くの知識人は）「ぼく自身民衆」とは思わないのである。

ドストエフスキーは『アンナ・カレーニナ』の文学としての素晴らしさを高く評価していた。「現代のヨーロッパ文学にあってこれと比肩できるようなものはなにひとつない」[*15]。しかし、だからこそドストエフスキーにはこの作品末尾の反戦論、民衆論が、あまりにも安易で単純なものにしか読めず、深い失望を隠せなかったのである。

ドストエフスキーは、ロシアを襲う近代化の波が、伝統的価値観や信仰を破壊していくことを目の当たりにし、それによる国民精神の崩壊を誰よりも危惧した作家だった。この「国民精神」とは、現象としては、ロシア正教への信仰、ロシア皇帝への崇拝、そして「スラブの救世主ロシア」といった民族主義などの、知識人たちがせせら笑うような保守的、時には反動的な形でしか現れなかった。しかし、ドストエフスキーはあえて、反動的で愚かとされる民衆の側に思想家として立ちつづけたのだった。彼は露土戦争の始まりから死去するまで、『作家の日記』誌上で、トルコ軍からスラブ民族を解放し、正教徒を救おうと戦う義勇軍の行動、さらにはロシア政府の対トルコ戦争を熱烈に支持した。彼はこの民衆運動としての〝聖戦〟の中にこそ、近代を越える力としてのロシアの国民精神が、たとえ歪んだ形であれ、あらゆる合理主義や政治論理を越えて復活しつつあるという一点で、この戦争を全面的に支持したのだ。

ドストエフスキーにとって、ここでトルストイが揶揄している「プガチョフ」の乱は、決して否定すべきものではなかった。一七七三年から七五年にかけて起きた、このコサックや農民中心の民衆反乱は、若く親しんだピョートル三世を僭称する「偽皇帝」ブガチョフに率いられ、農奴制廃止を唱え、一時は当時のエカチェリーナ二世皇帝を脅かした。プーシキンが『大尉の娘』でこの反乱を文学作品として描いたのは有名である。この反乱も、理性的な面から解釈すれば、単なるコサックの一首領にすぎないブガチョフを皇帝と信じ、それなりの啓蒙君主だったエカチェリーナ二世に反抗した盲目的な民衆蜂起ということになるだろう。しかし、ステンカ・ラージンの乱をはじめ多くのロシアにおける反乱は、そのような政治的理性を越えたところで、この悪しき世界の破壊と、民衆が夢見る幻想の共同体（それはしばしばロシアにおける「よきツァーリ〈皇帝〉」幻想と一体になった）を求めるものだった。ドストエフスキーは、この対トルコ義勇軍を、破壊分子、民衆の狂気、ロシアの「革命分子、無政府主義者」と決めつけるイギリスの政治家ディズレーリの言葉を、むしろ好意的に引用している。ドストエフスキーによれば、西欧諸国の政治的理性からすれば狂気や愚行としか思えないロシア民衆の行動こそが、近代を乗り越える、真の意味での新たな価値観を目指すものだったのである。

第二章　民衆への同情が『悪霊』を導く

ネクラーソフとドストエフスキー

前章でトルストイに対しドストエフスキーが批判した、知識人が安易に民衆幻想にとらわれる問題を別の角度から論じているのは、詩人ネクラーソフに対するドストエフスキーの論考である。

ロシアの詩人ニコライ・アレクセーヴィチ・ネクラーソフは、ドストエフスキーと同年の一八二一年に生まれた。彼は生涯を通じて、ロシアの貧しい民衆を愛し、社会悪を告発しつづけた。ネクラーソフとドストエフスキーは、ドストエフスキーが処女作『貧しき人々』を発表した一八四六年ごろから親しく交流していた。ドストエフスキー自身も、政治犯としてシベリアに送られるまでは、ネクラーソフ同様、広い意味でのヒューマニズムと社会改革へ情熱を燃やしていたし、当時の西欧の進歩思想に傾倒していた。

やがて思想的な差異から距離ができてからも、二人がお互いへの共感をどこか抱きつづけたことは、『作家の日記』にはっきりと書かれている。とくに、ネクラーソフが世を去ったあとに書かれた一八七七年一二月号の文章は、まるでドストエフスキーが自らの青春に別れを告げるような哀切な響きに満ちている。

「わたしはその日のうちに彼の家を訪れた。苦痛のために見る影もないほどに痩せ衰え、すっかり歪んでしまった彼の顔にはなにか特にわたしの心を打つものがあった。いとまをつげて帰るとき故人の枕もとで、詩篇詠唱僧が声を引っ張るようにして歯切れのいい調子で『この世に罪をおかさざる人なし』と朗詠するのが聞こえた。家へ帰ってからも、わたしはもう仕事に取り組むことはできなかった。そこでわたしはニェクラーソフ〔ネクラーソフのこと。以下同〕の著作集全三巻を取り出して、最初のページから読みはじめた。わたしはひと晩じゅう朝の六時まで坐りつづけていたが、この三十年間をもう一度はじめから生き直したような感じであった[*1]」

書物を自分の人生の道連れとして歩んだものには、自らの人生と決して切り離すことができない、生命の一部となってしまう文学者が存在する。ドストエフスキーにとってネクラーソフはそのような文学者の一人だったにちがいない。同時に、ネクラーソフとその詩作品は、ドストエフスキー自身もシベリア流刑という体験を経なければ同じ道をたどったであろう、ロシアの「良心的」知識人の典型を具現化した存在でもあった。

ドストエフスキーはネクラーソフの本質を「生涯のごく初期に傷を受けたハートの持ち主」であり「そしてこの決して癒えることのない傷」こそ、この詩人の作品を貫く情熱的、かつ悲劇的な文学的原点であると指摘している。ネクラーソフは生涯を通じて母親に対し深い愛情と敬意の念を抱きつづけていたが、同時に、息子を軍人にするつもりだった父親からは、学費を打ち切られるなどの過酷な扱いを受けていた。少年時代のネクラーソフにとって、父親は暴君として、母親は教養深くやさしい擁護者として存在していた。ドストエフスキーは確信をもって、この少年時代こそがネクラーソフ文学の源泉だったことを指摘している。

「彼の生涯においてなにか神聖な、それもその運命の分れ目である最も暗黒な瞬間にあってもなお彼を救い、彼のために灯台の役を、導きの星の役を勤めてくれるような神聖なものがあるとすれば、それはいまさら言うまでもなく、誰にも見られないように（彼が話してくれたところによると）どこかの片隅でこっそりと、受難者である母親と、彼をあれほど愛してくれた人間と、互いにしっかりと抱き合いながら流した子供の涙、子供らしいすすり泣きという、幼年時代の最初の印象をおいてほかにはないのではあるまいか」[*2]

このような文章は、ネクラーソフその人との深い感情的な交流なくしては書けなかったものだろう。また、ドストエフスキー自身も無類の子供好きで、後述するように、『作家の日記』誌上でも、児童への虐待や、男性の女性に対する横暴な暴力支配に対しつねに抗議していることを考えあわせれば、彼のこの詩人への共感が深いものだったことがわかる。

そして、ドストエフスキーは、ネクラーソフの葬儀の際に短い追悼の言葉を述べている。彼はまず、ネクラーソフは生涯、精神に癒えることのない傷を受けた詩人であり、その傷こそが「わがロシヤの女性、わがロシヤの家庭に生まれ育つ子供」や「しばしば悲惨な運命を背負わされることになるわが国の一般庶民」、そして「暴力のために、過酷なほど自由奔放な意志のために苦しみ悩んでいるありとあらゆるものに対する、この人物の苦しいまでに情熱的な愛の源泉」[*3]であると紹介した。

続いて、ネクラーソフがロシア文学にまったく新しい言葉をもたらし、その意味ではプーシキンやレールモントフに次ぐ存在であると述べた。それに対し葬儀の会場で、群衆の中から、「ネクラーソフのほうがプーシキンやレールモントフより上だ、あの二人はバイロンの亜流にすぎなかった」という声があがったというエピソードを紹介している。この「野次」について、ドストエフスキーはむしろ好意的に紹介しており、ロシアの青年層の、この詩人への激しい共感の表れだと受けとめている。

フランス革命の一年前、一七八八年に生を受けたイギリスの詩人ジョージ・ゴードン・バイロンは、旧社会の道徳観を否定した、奔放で時には非道徳的にすら見える恋愛遍歴、厭世的かつロマン的な文学、さらにはギリシャ独立義勇軍への参加と死(一八二四年)といった劇的な人生によって、同時代の多くの文学者に影響を与えた。その文学と人生は「バイロン主義」といわれ、個人の情熱と行動で時代を切り開いていく、ある種の英雄主義を体現していた。確かに、一〇年ほど遅れてほぼ同時代を生きたプーシキン（一七九九〜一八三七）もバイロンに強い影響を受けていた。

このような一九世紀初頭におけるバイロン主義に対し、ネクラーソフを支持する一九世紀後半の若い世代には、英雄主義や個人主義を脱し、社会矛盾を解消し、貧しい民衆の解放と救済を実現するためには、社会構造そのものを変革するしかないという意識が根差しつつあった。そして、ネクラーソフは詩人であるとともに、雑誌『同時代人』『祖国の記録』などの編集者としても活動しており、『同時代人』は、チェルヌイシェフスキーやドブロリュードフなどの急進的・革命的知識人を編集に迎え、まさに若き世代の急進的な運動の機関誌の様相を呈していたのだ。ヒューマニズムに根差した社会改革からナロードニキ運動、*4 そして終局的には革命運動に至る新たな世代にとって、ネクラーソフの詩と生涯は、民衆の苦難に寄り添う「良心的」文学者の象徴であり、プーシキンらの世代はあくまでロマン主義・個人主義の象徴としか映らなかったのである。

ドストエフスキーは、ネクラーソフが彼の詩で詠った民衆への愛と同情、民衆の解放と救済への意志が、ナロードニキからロシア革命につながるロシア青年層に与えた感動や影響は充分に理解できた。なぜならば、彼もまた同じような心情の青年時代を送ったからである。ネクラーソフはドストエフスキーにとってもう一人の自分、シベリア流刑に遭うことなく、青年時代のヒューマニズムと社会改革の意志をそのまま貫いたならば、ドストエフスキー自身がなったであろう文学者の典型だったはずだ。

しかし、晩年のドストエフスキーにとって、ネクラーソフに代表される「良心的・進歩的知識人」たちの文学や思想は、文学として一面的なだけではなく、民衆とは何か、社会改革とは何かという重要な問題について、まったく理解していないものにほかならなかった。

民衆への「愛」とは何か

ドストエフスキーは『作家の日記』にて、プーシキンとネクラーソフの相違点についてさらなる論を展開していく。ドストエフスキーが強調しているのは、プーシキンがロシア民衆を愛していたこと、それも「ありとあらゆるものを抱擁する愛」を抱いていたことだった。民衆が望むのは、自分自身を愛してくれることではない。「『おれを愛してくれなくてもいいから、おれのものを愛してくれ』——自分に対する相手の愛の誠実さを確かめようとするとき、民衆はいつも決まってこのように言う」*[5]。これはよく誤解されるようなポピュリズムへの傾斜ではない。とくに、ネクラーソフの詩に感動して「人民の中へ」と農村に向かっていったナロードニキたちの意識とは実はもっとも遠い。ここでドストエフスキーは「民衆への愛」という誤解を招きかねない言葉を多用しているが、彼が本質的に述べようとしたのは、次のような知識人と民衆の関係性である。

「困苦、貧困、苦悩のゆえに民衆を愛すること、言い換えれば憐れみをかけることは、どんな貴族の旦那にもできることで、それがヨーロッパ的教養を身につけた人情味のある旦那ならばなおさらのことである。しかしながら民衆にとって必要なのは、苦しんでいるということだけで愛してもらうことではなくて、民衆それ自体をも愛してくれることである」
「民衆それ自体を愛するとはどういう意味であろうか？『おれが愛しているものを、お前も愛してくれ、おれが尊敬しているものを、お前も尊敬するようにしてくれ』――これがその意味であり、これが民衆の答え方である」*6

この、やや揶揄的ともとれる前半部の「貴族の旦那」評は、前章におけるトルストイ批判にも連なる、ロシアの「進歩的知識人」の本質を明確に表したものである。そしてさらにいえば、現代にまで至る「進歩的」「良心的」とされる知識人すべてに通じる性格でもあるのだ。彼ら知識人は「民衆と共にある」「民衆のために闘う」と称したけれど、それは結局のところ、知識人の頭の中にある「あるべき理想的な民衆像」という幻想に奉仕しているにすぎなかった。彼ら進歩的知識人にとって民衆とは、自由、平和、平等を求める「近代的市民」として、抑圧権力に抗して蜂起する英雄的な人々としてたたえられるか、または権力によって抑圧され、抵抗する力もなく盲従する無知で惨めな存在として、同情と憐憫の対象となるかのいずれかでしかなかった。このことをドストエフスキーはさらに明確な形で語っている。

「ロシアの民衆に対しては彼らはただ軽蔑の念をいだいていただけであったが、それでいながら同時に、自分たちは民衆を愛し民衆のために幸(さち)多かれと望んでいるものと思い、そう信じきっていたのである。しかしながら彼らの民衆に対する愛は消極的なもので、ありのままの民衆のかわりになにか理想的な民衆、――つまり、彼らの考えによれば、ロシヤの民衆はこうでなければならないといったような、理想的な民衆を念頭においていたのだった[*7]」

ドストエフスキーがもっとも批判したのは、このような知識人の傲慢さだった。もちろん、ドストエフスキーはネクラーソフを、単純な民衆蔑視の知識人たちとは区別し、その価値を正当に認めてもいた。

ネクラーソフの詩に「鉄道」という作品がある。ロシア文学者でスターリンの収容所を体験した内村剛介が、名著『生き急ぐ』にて紹介したものだ。ロシアの農民親子がサンクトペテルブルク（以下、ペテルブルク）からモスクワに向かう汽車の中で、子供イワンが父親にたずねる「だれがこの鉄道をつくったの?」。父親は答えるのだ。イワンよ、これは情容赦を知らぬツァー（皇帝）が、人々を酷使してつくり上げたのだ。そして、彼らの哀しい歌ごえが月夜には聞こえてくる。

「この月の夜に
わが辛苦のあとをながめる心地よさ
わしたちは暑いさなかも寒中も
いつも背中をかがめては　身の裂けるほど気張りもした
住み家といえば泥にめり込む掘立て小屋　空き腹かかえてうろうろし
こごえ　濡れ　壊血病ときたものだ
学のある組長たちは　かすめ取り
オエラ方は　鞭(むち)をくれ　貧がおおいかぶさって来た……
わしらは　神の戦士　おとなしい勤労の子　それが
いつもいろんな目に遭わされたってわけ〈……〉
きょうだいたちよ！　君らは今わたしらの稔りをかりいれている
わたしらは土の中で　腐り朽ちる運命だが……
それでも　やはりわたしら運なきものを懐かしんでいてくれるか？
それとも　もうとうのむかしに忘れてしもうたか？」[*8]

内村は『生き急ぐ』にて、スターリンの収容所の中で、囚人がこの詩を人々に朗読し、看守がそれをやめさせる有様を見事な一幕の悲喜劇のように描き出している。この詩には、確かに民衆への愛情が満ちている。夜行列車の中、線路をつくるために犠牲となった民衆の声が聴こえてくるというのは、とても美しく悲しいイメージのつくり方だ。そしてドストエフスキーは、ネクラーソフの最良の作品に描かれた民衆像を次のように評価する。

「彼は民衆の苦しみを自分の苦しみとして心を痛めていたが、民衆の中に奴隷制度によって痛めつけられた卑屈な姿や、動物と変わらない姿だけを見るようなことはなかった。（中略）彼はその愛の力によって、ほとんど無意識的に民衆の美しさや、その力や、その知恵や、そしてまたその受難者にも似た悲痛な謙譲の精神を理解することができた」[*9]

この文章は、ネクラーソフの代表作「ロシアは誰に住みよいか」のいくつかの詩篇とともに、まさにこの「鉄道」にもふさわしい賛辞と読むことができるだろう。「歴史の進歩」「近代的な鉄道建設」の影で、過酷な労働の中死んでいった労働者たちの声は、決して怨恨や怒りではなく、また犠牲になったことの嘆きだけでもなく、むしろ近代社会の表層的な繁栄の空虚さを浮かび上がらせる歴史的な実態として響いている。しかし同時に、苦しみのうちに近代化の犠牲となって死んでいった労働者たちの姿とは、まさにネクラーソフ自身の、他者から拒絶され、また自らも他者を拒絶していった孤独な精神の反映でもあるのだ。

ドストエフスキーは、ネクラーソフが少年時代から、父親の圧迫などによりさまざまな精神の傷を受けてきたこと、その結果、自らの意識の周囲に堅固な壁を築く自己防衛の意識、あらゆる他者を、それがたとえ庇護者であったとしても、自己の内面に受け入れることを拒絶する強い意識が生まれたことを、この詩人の原点とみなしている。そして、その傷ついた精神は、「民衆への愛」に救いを求めたのだった。

この姿勢がもっともよく表れたのは「ヴォルガにて」という詩篇だった。一八六〇年に書かれたこの詩で、ネクラーソフは、まず、ヴォルガのほとりに（物乞いみたいに）たたずみ、若き日の思い出にふける自分を詠う。

「驚いただろう、俺が根の生えたように
ヴォルガのほとりに一時間もたたずんで
じっと顔をしかめて黙り込んでいるから。
俺はふと若い頃を思い出し

その思い出に浸りたいのさ
ここで自由気ままに。俺はまるで
物乞いみたいだ、ほらあの貧しい家
あそこなら小銭を恵んでくれるだろう」[*10]

成長した詩人は今、若き日よりもさらに深い失意と挫折の中にいる。「自分の心の力をすべて／緩慢な戦いに使い果たし／人生から隣人にも自分にも／何ひとつ手に入れることなく」[*11]ヴォルガのほとりにたたずむ詩人は、いつしか、かつてこの川のほとりでみた、ヴォルガの船曳たちの姿を思い浮かべる。

「俺にはこうした言葉は通じなかったが
それを発した人間の
陰気で無口な、病んだ姿は
それ以来脳裏を去らない！
それは今でも目に浮かぶ
赤貧でぼろぼろの着物

疲れ切った顔
そして咎めを浮かべた
静かな絶望のまなざし……」[*12]

そして詩人は、ヴォルガを「忍従と悲哀の川」と名づけ、「わびしく陰気な船曳きよ！／子供の頃に知っていたままのおまえを／俺は今日も見たのだ」[*13]と叫ぶ。ここでヴォルガは、当時の挫折した詩人の傷ついた内面、そして社会への批判精神を呼び覚ます存在に変容している。その社会批判の象徴として表れるのが、厳しい労働にさらされた船曳たちの姿であり、彼らの「ぼろぼろの着物」「疲れ切った顔」「静かな絶望のまなざし」が詠われる。

この詩をドストエフスキーは優れた作品とみなしつつも、この詩における船曳たちは、詩人の中で抽象化、理念化された、詩人の挫折を癒し、社会に立ち向かわせるための存在にすぎず、現実の民衆の実態とは何のかかわりもないと指摘した。

「あなたはあの『ヴォルガのほとり』でも曳船人夫の中の普遍的人間を愛し、そして事実またそのために苦しみ悩んだのであった。と言ってもつまり曳船人夫そのもののために心を痛めたのではなく、言ってみれば、まあ曳船人夫という普遍的な人間のために苦しみ悩んだわけである。(中略)全体としての人間を愛するということは、とりも直さず、まず十中の八、九まで自分の近くに立っている本物の人間を軽蔑する、またときによっては憎むということなのですよ[*14]」

ドストエフスキーが見抜いたのは、ネクラーソフのように、知識人が自らの精神の欠落を埋めるための代償行為として、民衆に何らかの救いを求めようとするとき、知識人は、単なる自分の願望にすぎない「普遍的」「理想的」な民衆像を無意識のうちに民衆に強要し、もしもそれに当てはまらない民衆の実像に直面したときには、残酷なまでに民衆を蔑視し、時には憎み敵視することだった。ネクラーソフは、そのような事態に直面することなく、晩年は「ロシアは誰に住みよいか」という長編詩を書きつづけ、そこでも民衆への愛と共感、彼らの苦境への同情、未来のロシアへの希望を語りつづけた。ドストエフスキーは、ネクラーソフの業績をいつの日かロシア民衆が見出す日がくるだろうが、そこでは彼の真実の姿が明らかになるだろうと述べている。

「いずれは民衆もニェクラーソフを認めるようになることだろう。(中略)かつてこの世に悲痛な涙を流して自分の国の民衆の悲しみを思って泣いてくれた、心のやさしい貴族の旦那がいた。そしてその旦那は自分の富から、地主生活の罪深いさまざまな誘惑からのがれて、どうにもやりきれなくなったときに自分たち、つまり民衆のところへやってきて、民衆に対するどうにもならない愛につつまれてその疲れはてた心を浄める以外には、よい思案を思いつくことができなかった。――なぜならば民衆に対する愛はニェクラーソフの場合、自分でも持てあましている彼自身の悲哀のはけ口にすぎなかったからである……」*15

この指摘はネクラーソフ個人を越えて、多くの「良心的知識人」（ロシアにとどまらず）の本質を突くものとなっている。ロシアにおける知識人、インテリゲンチャという言葉には「余計者」という意味合いが込められていた。世界において自らの位置を定められず、社会においても家庭においても疎外され、また自分自身の内面にもそのことで深い傷を負っている知識人にとって「民衆」は、その傷口を癒してくれる無垢の存在として現れたのである。そして、民衆が彼ら知識人にとって「癒し」の対象でもなければその理想的存在でもないという当たり前の事実に出会ったとき、彼らの一部は、民衆を「敵」とみなし、「自分自身のための革命」への誘惑、テロリズムへの道に駆られていくことになる。これが『悪霊』のテーマの一つだった。

悪霊にとりつかれる善意の知識人

ドストエフスキーの『悪霊』が、同時代にロシアで起きたネチャーエフ事件をモデルにしていることはいうまでもない。徹底したマキャベリストにして陰謀家、革命のためならばいかなる手段も許されるというニヒリズムの持ち主だったセルゲイ・ネチャーエフは、一八六九年、彼の率いる秘密結社内部で「裏切者」「脱落者」とみなした学生イワノフを殺害。ロシア警察はこれを機会に革命組織を一網打尽にしてしまう。ネチャーエフ自身は国外に亡命するが、一八七二年スイスで逮捕されてロシアに引き渡され、その後は八二年に病死するまでを獄中ですごした。ドストエフスキーが『悪霊』を出版し、ロシアにおける革命運動の歪んだ精神構造を徹底的に分析したのは、一八七三年のことである。

そして、この『作家の日記』でも、ドストエフスキーはこの事件についてより直接的に論じている。いつの時代も、このような政治的事件が起きたときには、訳知り顔の「良識派」が現れるものである。彼らはつねに、このような過激な運動に参加し、犯罪や内ゲバ、またテロルなどを引き起こすのは、カルト的な狂信者、もしくは悪質な詐欺師的政治運動家であり、彼らが洗脳されやすい純粋だが無知で愚かな若者を操って引き起こした、きわめて特殊な事件にすぎないとみなす。そして、若者を含め社会を改革しようとする意志をもつ人々のほとんどは、合法的な範囲内で考え行動する良識を兼ね備えており、こんな事件を起こすのはごく例外的な存在だと片づけるのだ。これは何も一九世紀ロシアに限らない。わが日本国においても、日本共産党の戦後すぐの武装路線も、新左翼運動における連合赤軍事件も、また最近ではオウム真理教事件も、同様に片づけられ、忘れ去られてきたのである。

しかし、ドストエフスキーは、そんなレベルでこの事件をやり過ごそうとする知識人たちの発言を根底から否定する。ドストエフスキーは、事件を起こしてしまった運動家たちは、無知でも愚か者でもなく、自分自身もまた、状況が異なれば、彼らと同じような運動に身を投じたかもしれないことをまず明確にしようとした。

「彼らのうちの正真正銘のモンスター的人物でさえも非常に知能の発達した、きわめて奸智にたけた、教養さえも身につけた人物であることがありうるのである[16]」。そして、彼が狂信者であるともかぎらない。ドストエフスキーは、ネチャーエフのような過激な政治運動の指導者が「単なる詐欺師」にすぎないことも多々あると記しているが、この「詐欺師」とは、普通考えられるような、人間の欲望やプライドを駆り立て、そこにつけこむような連中のことではない。彼らは「人間の魂、それもたいてい若々しい人たちの魂のほかならぬ寛容な一面を研究しつくしている[17]」。つまり、ヒューマニズムと社会の進歩を望む精神をもち合わせ、また知識も教養も兼ね備えた人間を、「革命」「正義」のために利用し誘導する磁力をもったオルガナイザーなのだ。ドストエフスキーはさらに、自らもかつて「ネチャーエフ・グループ」と同じような団体の一員であったとまで断言する。

ドストエフスキーは一八四六年ごろから、フランスの空想的社会主義、とくにフーリエ主義に共感していた、ミハイル・ペトラシェフスキーのサークルに参加していた。ここに集まったのは、ペトラシェフスキーの思想を反映した穏健な自由主義者がほとんどだったのだが、ペトラシェフスキーは禁書とされていたフランス社会主義の文献を多く所有しており、さらに一八四八年のフランス二月革命以後は一部に急進的な方針に向かうグループも参加してきた。一八四九年、ロシア政府はペトラシェフスキーを含むメンバー百数十名を逮捕、そのうち二十余名に銃殺刑を宣告するが、処刑の場で恩赦を与え、彼らをシベリア流刑とした。この中の一人が若きドストエフスキーだった。

「わたし自身も古い『ニェチャーイェフ〔ネチャーエフのこと。以下同〕・グループ』の一員である。わたしもやはり死刑を宣告されて、処刑台に立ったことがある。しかしわたしははっきり言っておくが、教養のある人たちの仲間のひとりとしてそこに立ったのであった」[*18]

しかし、ペトラシェフスキーのもとに集まった若者は、社会改革の情熱に燃えていたとはいえ、社会主義の文献を学習するだけで、とくに具体的な社会運動を行ったわけでもなく、彼らの中に意見の対立があったとしても、陰惨な内ゲバ殺人など思いもよらない善意の人々だった。そのような穏健で善意の人々をネチャーエフ・グループのような過激な党派と同一にみなすことはおかしいという反論は簡単に予想される。そして、この論理がつねに、運動における「過激派」と「良識派」

を分かつものとして使われることも、現在まで続く一般的な傾向である。

ドストエフスキーもそんな反論は予想の上だったし、さらにいえば、政治運動の力学の恐ろしさをまったく知らない、つねに運動の現場からは距離をおいてきれいごとを述べる「良識派」の言葉にすぎないこともよく知っていたのである。自分たちが「良識的な」ペトラシェフスキー・グループの一員にすぎなかったというのならそれでもいい。しかし、政治状況が変わるならば、かつての自分たちのような「穏健派」「良識派」の運動家たちも、いつでも「ネチャーエフ的」な過激な運動への道をたどりうるのだ、とドストエフスキーは断言した。

「自分のことについてだけ話させていただくことにしよう。ニェチャーイェフ的人物には、おそらく、わたしは絶対になることはできなかったに相違ないが、しかし、ニェチャーイェフ・グループの一員になれなかったとは、保証の限りではない。あるいは、若き日のことであったら……大いになったかもしれない」[*19]

この「若き日」つまりペトラシェフスキー・グループの一員だったころのドストエフスキーは「最高度に神聖で道徳的な、そしてなによりもまず、全人類的な、例外なしにすべての人類の未来の法則」として「来たるべき『一新された世界』のあらゆる真理と未来の共産社会の神聖さに一も二もなく身をささげていた」[20]のだった。まずこのような理想が根底にある以上、表層の言説や政治行動が穏健か過激かということは本質的な差異にはならない。そして、この新たな社会の実現のためには、宗教、家庭、私有財産制といったものは、すべて人間を縛る「一新されるべき」存在だった。さらに最終的には「国籍の廃止」が目指され「人類全体の進歩にブレーキをかけるものとしての祖国蔑視」は当然のこととされていた。

このような政治的理想は、近代的ヒューマニズムの一つの極限である。ドストエフスキーはここで、フランス革命以後の西欧近代が政治的理想としてきた、自由、平等、博愛、束縛からの解放といった概念を突き詰めていけば、家族も、私有財産も、国家も否定することに原則的には行きつかざるをえないという原則的な論理をまず示している。

さらに、現実にそのような「理想」を実現しようとすれば、それは運動家の思想や行動、また個々人の人格に関わりなく、論理的には、現実の社会秩序や道徳に対し否定的にならざるをえないのだ。その究極においては、気高い理想の実現のためには社会の破壊が、具体的には殺人も陰謀もすべて正当化される論理構造から、運動の参加者は逃れられなくなる。ネチャーエフ的な過激な秘密結社による社会破壊運動は、善意のリベラリストや理想主義者を、つねに「動員」しつづけることが可能になるのである。

ドストエフスキーは、若き日の自分の思想的立場からは、ネチャーエフ的な指導者になることはできなくとも、指導者の、理想や革命のためにはあらゆる手段を実践せよという命令に対し、抵抗することはできなかっただろうと率直に述べ、これこそがネチャーエフ事件の本質だと見抜いたのである。

ドストエフスキーは、かつての自分のような理想主義者こそが、逆に理想の実現のためにはテロを正当化してしまうある種の精神的倒錯に至ることを、次のように明瞭に指摘した。

「人間の生涯には歴史的瞬間というものがあって、そのような瞬間には明らさまな、厚かましい、この上なく乱暴な悪業がただ精神の偉大さを現わすものであり、桎梏からのがれようとする、人類の気高い勇気を示すものにすぎないと考えられがちである*21」

そして、セルゲイ・ネチャーエフは、このような人間精神の弱点、理想を求めて最悪の行動を起こしてしまう精神構造をよく理解していたオルガナイザーだったのである。ネチャーエフが当時の無政府主義者の巨頭、バクーニンと共同執筆したとされる（かなりの部分はネチャーエフの手になるもののようだが）『革命家のカテキズム』には、次のように記されている。

「（社会における）第四のカテゴリーは、野心的な国家官僚やいろいろなニュアンスのリベラルからなる。革命家は彼らとともに、彼らの計画にそって陰謀を企て、彼らに盲目的にしたがうふうをしながら、一方では、彼らをきびしく拘束し、彼らのすべての秘密をつかみ、彼らがあとへひくことができぬように彼らの評判を傷つけ、そして彼らの手で国家を混乱させることができるであろう」[*22]

いわゆる「進歩派・リベラル派」をいかに政治利用するかを、彼らに対する軽蔑を含め、これほどあけすけに語った文書は少ないだろう。このような絶対的な悪意の前に、善意の知識人や純粋な運動家がいかにもろいか、ネチャーエフ的人物は熟知しているのだ。理想を実現するためには、あらゆる悪を正当化してしまう心理、いや、その悪を自分が引き受けることこそが正義なのだという倒錯した心理こそ、理想の名のもとでのテロリズムや内ゲバに良心的な人々を追いやるのである。

ドストエフスキーは、当時の西欧近代における知識人や反体制運動が、今まさにこのような論理と行動に陥りつつあると考えた。彼らは、現在のさまざまな社会矛盾を批判し、旧体制の打倒を求めるあまりに、キリスト教道徳を現在の体制擁護の思想として批判し、無神論と合理主義こそが真理だとみなし、民族の伝統文化を単なる迷妄とみなして否定している。これは「全体としての人類を熱愛」する人類愛、すなわち無国籍的なヒューマニズム、現代の言葉を借りれば「世界市民」の概念につながるものである。ドストエフスキーは、この思想は人類愛の名のもとに必ず破滅をもたらすと予言した。

「こうした現代の最高の教師たち〔ヨーロッパの進歩的思想をもつ指導者たち〕すべての者に古い社会を破壊し改めてそれを建設し直す十分なチャンスを与えたならば、――なんともいえぬ暗黒の世界、手のつけようもない混沌とした世界、おそろしく粗野で、盲目的で非人間的な妙な世界ができあがって、それが完成される前に、人類の呪詛によって、せっかくの建造物が残らず崩壊してしまうに相違ないということも、疑いのない事実であるように思われてならない」[*23]

この予言は、ネクラーソフを愛読していたであろうロシアの青年たちが、この後参加していく、「民衆のための」革命運動が、一九一七年に一〇月革命とソ連邦の誕生という一つの到達点を得たあとに、もっとも残酷な形で実現した。まったくの偶然だが、同じく優れた文学者の視点から、芥川龍之介もまた鋭くこのことを見抜いていた。「誰よりも民衆を愛した君は／誰よりも民衆を軽蔑した君だ」。レーニンを評したこの言葉どおり、ソ連をはじめとする二〇世紀の共産主義体制は、民衆それ自身を「民衆の敵」として収容所と強制労働に追いやったのだ。

ソ連内外の、共産主義を支持しつつソ連体制を批判する「良心的知識人」は、ロシア革命を「裏切られた革命」だとして、左翼反対派の立場から共産党独裁体制を批判したが、彼らは、自分たちが「普遍的」「理想的」な民衆像に依拠するかぎり、「民衆の敵」という概念を受け入れざるをえないことに気づかなかった。知識人が民衆に何らかの理想像を押しつけ、その像に向けて民衆を指導・啓蒙しようとするときに、それに従わぬ存在、現実の民衆のままであろうとする存在は、監視と教育、時には収容所における「再教育」の対象となる。

このような悲劇と破滅をもたらす、「進歩と近代化」を絶対善とみなし、革命と破壊を必然的にもたらす「進歩的思想」の根本的な問題点を、ドストエフスキーは「キリストへの拒否」という一言で著した。しかし、わたしたちはこの言葉に込められた意味を、ニーチェ的な、近代社会が超越的な価値観を失う「神の死」という視点でのみとらえるべきではない。

ドストエフスキーは、若き日の自分たちペトラシェフスキー・サークルのメンバーは、処刑場で銃口を前にしても、自らの思想の正しさを疑うことはまったくなかったと断言している。むしろ、政治犯としての死刑判決や処刑は、自らの思想の正しさを証明し、むしろ自らを殉教者としてその罪を赦されることのように感じたという。詩人ネクラーソフが、民衆の側に身を寄せることによって、ようやくその心の空虚を埋めることができたように、ロシアの伝統から切り離され、西欧を鏡にするしかないロシアの近代的・進歩的知識人だったドストエフスキーたちは、「革命の殉教者」となることによって、ようやく自らの存在意義を確かにすることができたのだ。

だが、ドストエフスキーは、シベリア流刑ののち、それまでの政治的信念から脱却し、新たな文学者として生まれ変わった。その理由を、彼はロシア民衆との出会い、民衆との接触によるものだと語る。シベリア流刑の苦しみは、いささかも彼の信念をくじきはしなかった。ただ、民衆、それも囚人という、ある意味最底辺の民衆とじかに接触し、真の意味で民衆の本質に触れたこと、同じ囚人という立場で彼らとともに生きた体験こそが、ドストエフスキーの思想を根本的に変えたのである。

ドストエフスキーが生涯を通じ、「神と人間」「人間と自由」というテーマに取り組みつづけたのは今さらいうまでもなかろう。しかし「神が存在しなければ、すべては許される」という有名な言葉は、単なるキリスト教や伝統信仰の「神」を指すものではない。ここで「神」と呼ばれるものは、「民衆」という言葉とほとんど同じ意味で使われている。わたしたちは次章で、ドストエフスキーのシベリア体験を中心に、彼が「民衆」の中に「神」を見出していく過程を見ることができるだろう。

第三章　ドストエフスキーとロシア民衆

知識人と民衆

「民衆についての問題、民衆をどう見るか、民衆をどう解釈するかという問題は、わが国の未来のすべてが含まれている、（中略）だがそうは言うものの、民衆はわれわれ一同にとっては――いまだにただの理論にすぎず依然として謎である。民衆のファンであるわれわれはすべて、民衆をひとつの理論として見ているのであって、どうやら、実際に現在あるがままの姿の民衆を愛している者は、われわれの中にはそれこそひとりもなく、われわれがそれぞれ心に思い描いている民衆を愛しているにすぎないような気がする」

「極端に言えば、もしロシヤの民衆があとになって、それぞれが心に思い描いているようなものではないと分かったならば、（中略）われわれはたちまちなんの惜しげもなく民衆に背を向けてしまうのではないか」[*1]

ドストエフスキーは、知識人が民衆の「ファン」としてふるまうこと、民衆を支持しているかに見えて、無意識のうちに、現実の民衆を「心に思い描いている」あるべき民衆像に当てはめることがいかに間違った行為であるかを『作家の日記』全体にわたって説きつづけた。それこそが知識人による「民衆の指導」や、政治権力による民衆の「改造」を正当化してしまうのだ。

だが同時に、ドストエフスキーは、知識人が民衆にひたすら拝謁することを説いたのではない。確かに、彼の言説にはそう誤解されかねないものもある。たとえば、上記の言葉に続いて、ドストエフスキーは、知識人が民衆に従うべきなのか、それとも知識人が民衆を率いるべきなのかという問いをあげ、あまりにも直截的に「民衆の前に頭をさげ、思想にしても様式にしても、なにからなにまで民衆に期待をかけ[*2]」ねばならないと断定している。これだけを読めば、ポピュリズムなどという言葉を使うまでもなく、単なる大衆迎合の姿勢にすぎない。しかし、ドストエフスキーはロシアの知識人を「二百年ものあいだ家を留守にしていたが、それでも結局はロシヤ人として家へ戻ってきた放蕩息子[*3]」とみなしていた。このことを前提に、ドストエフスキーの知識人論を見ていかなければならない。

ここでいう「二百年」とは、ピョートル大帝（一六七二〜一七二五）によってロシアに西欧の近代文明と技術がもたらされた時代から、ドストエフスキーの生きた一九世紀までを指す。ピョートル時代以後、ロシアの知識人の多くはひたすら西欧を模範と仰ぎ、ロシアのさまざまな文化や伝統を遅れた蒙昧なものとみなした。宮廷や文化人のあいだではロシア語さえも馬鹿にされ、フランス語で語り書くことが先進的とされてきた。ドストエフスキーは、西欧近代の価値観を盲目的に受け入れてきたピョートル大帝以来のロシア知識人の在り方をまず問題視しているのであり、彼らがまずロシアの歴史に回帰し、現実をありのまま直視することを強調しているのだ。
ここでドストエフスキーは、知識人たちに、西欧から学んだ近代的な知識や価値観を放棄せよとはまったくいっていない。むしろ、これまで知識人が得てきた西欧近代の思想、とくにその普遍的価値観を安易に放棄することを厳しく否定している。そして「民衆のほうでもわれわれが身につけて持ってきたものの多くを受け入れなければならない」のだ。「民衆との結合という幸福が代償であっても、絶対にそれを引きわたすつもりはない」。それくらいならば「むしろ互いに訣別（べいべつ）して双方とも滅亡してしまうほうがまだましである」[*4]。

知識人とは、自らが属している共同体である、民族や国家を越えた、普遍的な知識や価値を求める人間のことであり、知識の量や業績、まして社会的地位などとは何の関係もない。逆にいえば、民族や国家を越えた普遍的な知識や価値を求めるとき、人間は必ず自らの属する共同体から一歩踏み出さなければならない。その孤独に堪えることが知識人の最低限の使命であり、そこに知識人と民衆のどうしても避けがたい距離が生ずる。

ドストエフスキーの次の言葉は、知識人と民衆の関係を透徹した意識で峻別したものだ。

「民衆は国民という型にはまっていて、全力を挙げてその立場を固守して譲ろうとしていないのに、われわれは——全人類的信念という立場に立っていて、自分たちの目標も全人類に共通

する問題においている、したがって、彼らとは比較にならないほど高いところに立っていると
いうことである。つまり、われわれの不和反目も、民衆との断絶も、その種はことごとくここ
にあるのである[*5]」

この原則を踏まえた上で、ドストエフスキーは、それでも民衆と知識人は一致点をもちうると説いた。しかし、結論を急ぐ前に、わたしたちはまず、ドストエフスキー自身が描き出した「民衆像」を直接読み取ることから始めたい。

ドストエフスキーの民衆論は、他の知識人から、あまりにも民衆を理想化、美化するものだという、批判というより嘲笑を浴びせられることがしばしばだった。しかし、ドストエフスキーにとってこれほど不本意なことはなかっただろう。ドストエフスキーは若き日、政治犯としてシベリア流刑を体験した。そこで彼は、囚人という、まさに民衆の最底辺と接し、ともに生きたのである。民衆は粗野で未だに文明化されておらず、彼らは西欧近代の知識や礼節をまず身につけなければならないのだ、という論難に対し、ドストエフスキーはほとんど怒りをぶつける反論を下している。

「なるほど、民衆は全部が全部では決してないにしても、粗野であることは間違いない。おお、全部が全部でないことは、その点についてはわたしが証人となってはっきり誓ってもいい。な

ぜならば、わたしはわが国の民衆をこの目で見て、彼らを知っているからである。かなりの年月を彼らとともに暮らし、彼らとともに食事をし、彼らとともに眠り、自分も『悪人の仲間に入れられ』、彼らとともに文字どおり手をまめだらけにして重労働に服していたことがあるからである[*6]」

これは、単に自分自身が民衆とともに生きたのだ、同じ体験をしたのだという次元の言葉ではない。その程度のことならば、所詮「お前は机の上の知識人で、現場で苦労したことはあるまい」程度の、些細な実体験の差異をめぐる自慢話であり、思想とは何の関係もない。ドストエフスキーにとって、自分が囚人の立場となったときに、初めて民衆の本質に出会ったことが重要だったのだ。

「どうかわたしに向かって、お前は民衆を知らないなどと言わないでいただきたい！　わたしは民衆を知っている、わたしは民衆のおかげでキリストを、まだ子供の時分に両親の家で知り、ご多分にもれず自分もまた『ヨーロッパかぶれの自由主義者』に変貌したときに、すんでのことに失いかけたキリストを、ふたたび自分の魂の中に受け入れたのである[*7]」

続けてドストエフスキーは「民衆は毎日のように罪を犯したり汚れた行為をするけれども、キリストに顔を向ける最良の瞬間には、民衆は真理において決して誤りをおかすことはない」[*8]という。ここにはロシア思想におけるスラブ主義の伝統、ロシアの民衆には聖なるキリスト教精神が生まれながらに宿っているという理念と共通するものがある。

しかし、ドストエフスキーが描きだすロシア民衆の姿は、そのような一民族の精神や特定の宗教（正教）を越えて、近代以前のあらゆる民族に共通する民衆の本質、歴史の古層に埋もれながら、いかなる表層の状況の変化の中でも変わることなく根を張りつづけてきた民衆精神の根源につながっている、真の意味での普遍性をもちえている。

だからこそ、ドストエフスキーの言葉は、キリスト教信仰を伝統としてもたないわたしたち日本人にとっても、現在の消費資本主義社会の中で、失ってしまった何ものかを呼び覚ます力を未だに秘めているのだ。

百姓マレイ

ドストエフスキーは生涯を通じ、基本的にペテルブルクという都市に生きつづけた。しかし、満九歳のときに父親の領地である小村を避暑で訪れたときの思い出と、一八四九年から約一〇年間のシベリア流刑体験は、生涯消え去らぬ影響をこの作家にもたらすことになった。この二つの体験は実は深く結びついている。厳格な父親のもと厳しい教育を強いられていた少年ドストエフスキーにとって、初めて訪れる農村とその自然に触れたことは忘れがたい体験となった。そして、そこで出会った農夫「百姓マレイ」のことを、彼はシベリア流刑の最中に思い出したのである。

ドストエフスキーはこの体験を、満二九歳、シベリア流刑の地での復活祭のころだったと回想する。この時期は労役も休みで、監獄の囚人たちも酒を飲んでお祭り騒ぎをしていた。看守たちも、一年に何回かはこのような馬鹿騒ぎをさせて、彼らの不満を発散させたほうが管理はしやすいと、囚人を騒ぐままにさせていた。

「どこもかしこも酔っぱらいでいっぱいだった。いたるところの隅でひっきりなしに罵り合いや喧嘩がはじまる始末だった。猥雑な、いやらしい歌、寝板の下で開かれているカードのゲームの賭場、目にあまる乱暴を働いたために、早くも仲間の私刑にあって死ぬほどぶちのめされた（中略）囚人、すでに何回となく鞘（さや）をはらわれたナイフ[*9]」

これがドストエフスキーの出会った「民衆」の姿だった。てんかんという持病をもち、かつ繊細な傷つきやすい精神の持ち主だった青年ドストエフスキーが、このような喧噪な空間に堪えられなかったのは想像にかたくない。ドストエフスキーははっきりと語っている。「わたしの胸の中にどうにもならない憎しみがこみあげてきた」[*10]そのとき、彼は同じ政治犯であるポーランド人「M――ツキー」にばったり出会ったのだった。

M――ツキーは「暗い目つきでわたしの顔を見つめていたが、やがてその目がぎらりと光り、唇がぴくぴくと震え出した。――『Je hais ces brigands!』（ぼくはあの強盗どもを憎む！）とわたしに向かって歯ぎしりをするように低い声で言うと、彼はそのまま通りすぎてしまった」[*11]。

この政治犯は、もしかしたら独立派のポーランド貴族だったのかもしれない。彼の民族的な感情はさておき、ドストエフスキーたち「政治犯」と「民衆」のあいだには、同じような感情が芽生えてもまったくおかしくはなかった。

当時のドストエフスキーをはじめとする、ロシアの進歩的、人道的知識人たちが、その解放のために生命すら投げ出そうとした民衆たちの実態が、このような「強盗ども」であることに直面したとき、そこで起きた思想的転換はさまざまな形をとる。

仮に自分たちの思想的正当性を守りつづけようとするのならば、このような民衆の姿は、社会構造の矛盾や、権力の抑圧が、彼らの精神をゆがめてしまったためだと考え、社会改革と啓蒙によってこそ民衆は救済されると考え、自らの理想を守ろうとするだろう。

また、「転向」する者は、民衆は自由や解放を求めているわけではなく、己の欲望のままに生きているのであり、知識人の社会改革の意志などは所詮民衆には通じないのだというニヒリズムに陥るか、あるいは、このような民衆を管理し社会を安定させるためには、政治権力の一定の強化が必要だと考え、国家秩序擁護の必要性を再認識する場合もありうる。

この両者はいずれも、結論は真逆であるかのように見えて、現実の民衆を否定的に見るという点では変わりがない。

だが、ドストエフスキーが向かったのは、このいずれの道でもなかった。彼はこのとき、幼少時のもっとも幸福な思い出に、「百姓マレイ」との出会いに回帰したのだ。そして、次のような文章を読むとき、ドストエフスキーが自然の情景描写にあまり関心がなかったという一部文学評論家の説はまったくの誤りであることがよくわかる。ここには、自然と人間が一体化した世界が見事に描かれている。


「そのときはどうしたものか思いがけなく、やっと満九歳になったばかりの、わたしの幼年時代の初期の、あるごく些細な瞬間、——もう完全に忘れていたと思える、瞬間のことがふと記憶に浮かび上がってきたのだった」

「わたしが思い出したのは領地の小さな村で過ごした八月のことであった。それは空気が乾燥してよく晴れてはいたが、風があってうすら寒い日であった。夏は終わりに近づいていた」[*12]

少年ドストエフスキーには、この夏が終わればふたたびモスクワに帰り、そこで父の管理下で退屈な勉強を強いられねばならないことがわかっていた。少年は少しでも今の楽しい生活を味わおうと、一人、灌木の茂みの中に走りこんでいった。そこでは、一人の百姓が山の斜面を耕していた。しかし、少年は胡桃の小枝を折って小さな鞭をつくったり、さまざまな美しい模様の昆虫たちを見つけたりするのに忙しかった。少年はキノコを集めるために、もっと先の白樺の林に向かって走ろうとした。

「わたしはこれまでの生涯で、きのこや野苺（のいちご）がいっぱいに生え、さまざまな昆虫や小鳥、はりねずみやりすが自由に飛びまわっている、わたしの大好きな朽葉（くちば）の湿っぽい匂いの立ちこめている森ほど好きだったものは、ほかにはひとつもない。現にこれを書いているいまでも、うちの村の白樺の林の匂いが鼻先にただよってくるような気がする*13」

しかし、この少年時代の至福の時間は、どこかから聴こえてきた「狼がくる！」という叫び声で破られた。少年ドストエフスキーは恐怖にとらわれ、大声で叫びながら、先ほど見かけた百姓のところに駆け寄った。そこで少年は、彼が皆から「百姓マレイ」と呼ばれている、がっしりした体格の近所に住む男だったことに気づいた。狼がくる！と恐怖におびえた声ですがりつく少年に対し、マレイはまず、こんなところに狼がくるはずがないと諭した上で、さらにこう語りかけた。

「『さぞびっくりしたこったろうな、やれやれ！』と首を振りながら彼は言った。『さあ、もう心配することはねえよ、坊や。坊やは強い子だろう、そうじゃねえのかね！』

彼は片手を差しのべるとだしぬけにわたしの頬をなでた。

『さあ、もういいからこわがるんじゃねえ。キリスト様がついていてくださるからな。さあ十字を切るんだ』[*14]」

しかし、おびえあがった少年ドストエフスキーは十字を切ることもできなかった。しかし、どこか母親のような愛情のこもったマレイの励ましと慰めに、狼などはいないし、あの叫び声もただそんな気がしただけだったかもしれないと思えるようになった。「じゃ、ぼくはもう行く」おずおずと口にした少年ドストエフスキーを、マレイは見守りながら送り出してくれた。「ああもう行くとだ、わしがうしろからちゃんと見ていてやる。わしがついているから（中略）元気を出して、行った行った」[*15]。そして少年ドストエフスキーは、マレイに見送られながら家に帰っていったのだった。

「百姓マレイ」とドストエフスキーとの出会いは、事実としてはこれだけのことである。幼少期に、道に迷いそうになり、たまたま通りがかった大人の一言に救われる思いをした経験は誰にでもあることだし、この体験も距離をおいてみればそれだけのことにすぎない。しかし、シベリア流刑地において、囚人たちの醜い有様を日々直視していたドストエフスキーに、この百姓マレイの姿は、まったく別の形でよみがえってきたのだ。

ドストエフスキーは、マレイが農奴であったこと、自分は領地の主人の息子だったことを想起する。しかし、その後もマレイは、このことを口にして主人から何か褒美をもらおうなどとは考えもせず、その後に少年ドストエフスキーと出会っても、とくに話しかけることもなく、黙々と畑仕事に従事しつづけた。ここにドストエフスキーは、お互いの階級も、立場も超越したところにある、何か人間同士の根源的な関係性のようなものを見出したのである。

「当時はまだ自分の自由のことなどについては夢想さえもしていなかった、粗野で、野獣のように無知蒙昧なロシヤの百姓の胸が、人によってはどれほど深い、啓発された人間らしい感情と、どれほどこまやかな、女性的なやさしさと言ってもいいようなものにみたされているかは、おそらく、天のいと高きところにましますの神のみがご存じなのであろう*16」

「わたしは突然、これからはこれらの不幸な人たちをいままでとはぜんぜん別な目で自分は見ることができる、そしてまた急に、一種の奇跡によって、それまでわたしの胸の中にあった憎悪と敵意はまったく跡形もなく消え失せてしまったと感じたのであった」

「この頭髪を剃られ公民権を剥奪された、顔に烙印を捺され、酔っぱらってわけの分からない歌をしわがれ声でわめいている百姓、これだってやはり、ことによると、あのマレイと同じような人間なのかもしれないではないか」[*17]

ロシアの民衆精神の奥底には聖なる神が宿る、といったスラブ主義の立場からの民衆讃美と、ここでのドストエフスキーの体験は似ているようでおそらく根本的に異なる。また、逆に西欧近代の視点から、このような発想は挫折した知識人が陥りがちな民衆の理想化にすぎない、などという低次元の批判はまったく的外れだ。「百姓マレイ」は、自由の理想も政治的知識もまったくない農奴にすぎず、生涯をただ黙々と主人に仕えてすごした、西欧的知識人の見地からすればまったく無価値に近い人間だったろう。

しかし、おびえた少年ドストエフスキーにとって、マレイは、当時少年を包み込み、あらゆる喜びと感動を与えてくれた自然と一体化した存在だった。どこかから聞こえた狼の幻が少年をおびえさせたように、自然とは美しく豊かであると同時に、底知れぬ深遠と恐怖を覗かせる存在でもある。同時に、その恐怖を取り去り、恐怖から解放されたあとにはさらなる美しい世界を見せてくれるのもまた自然のなせる業なのだ。

マレイという一人の農奴に少年が見出したのは、人間をあらゆる恐怖と孤独から救い出してくれる自然のやさしさそのものの象徴だった。社会改革や革命の論理を信じていたかつての自分は、民衆を単に外から啓蒙する存在としてしか考えず、いざ囚人という立場になればその表層の醜さに絶望するばかりで、民衆の中に秘められた「マレイ」の姿にまったく思いをいたさなかったことに気づいたのだ。そして、「マレイ」を無知で蒙昧な存在とみなし、彼を知性の高みから「指導」「救済」することしか考えない知識人は、ここで引用されたポーランド人政治犯のように、いつかは民衆への憎悪に至らざるをえないことを、この過酷な体験から悟ったのである。その憎悪の行きつく先には『悪霊』のテロリズム、もしくは民衆を徹底改造しようとする全体主義への道が続いていく。

現実の民衆の、知識人の理想などに何の関心もない頑迷さと無知、聖なる精神どころか粗野と暴力性と自堕落な生活などを、ドストエフスキーは日々見せつけられていた。しかし、それに堪えられない知識人の思想などは、所詮その程度のものにすぎない。その現実を受けとめた上で、「マレイ」の姿を民衆の中に見出し、それを思想の問題として普遍化していくこと。それが知識人と民衆が真の意味で一体化する道であることを、ドストエフスキーはこの体験から悟ったのだ。

だが、ここでは結論を急ぐよりも、ドストエフスキーが「百姓マレイ」を、ロシア近代化の象徴というべき都市、ペテルブルクの街中における、ごく普通の民衆の中に幻視していく姿勢をたどることにしよう。その典型が、ドストエフスキーによって書かれた美しい童話というべき佳品「百歳の老婆」と「キリストのヨールカに召された少年」である。

百歳の老婆

ドストエフスキーは「百歳の老婆」という物語を、ある女性が自分に語った出来事として記している。しかし、仮にそうだったとしても、これは完全にドストエフスキー本人の「作品」となっているので、ここではそれを前提に話を進める。

その女性は、ニコライエフスカヤ通りのある事務所に用があって立ち寄ったのだが、その建物の門の前で、何歳ともわからないが、少なくとも相当年老いた、腰が曲がり、杖にすがる老婆が一人、門番用のベンチに腰を下ろしていた。彼女は老婆の前をすぎて事務所に入り、用をすませると、そこから三軒先の靴屋に、娘のために予約してあった靴を受け取りに向かった。するとその店の前に、先ほどの老婆がまた座っていたのだ。

彼女はその老婆が自分の顔を見つめているのを知ると、にっこりと笑いかけ、店に入って靴を受け取った。そしてまた数分して店を出れば、またそこから三軒先のところに、同じ老婆が座っていた。しかしその家の前にはベンチがなかったので、老婆は石畳の上に腰を下ろしていた。思わず彼女は老婆に話しかけた。

「『お疲れになったの、お婆ちゃん？』。老婆はこたえた。『疲れますねえ、あなた、やたらに疲れてかないませんよ。きょうはぽかぽかしていて、お日さまが照っているので、ひとつ孫たちのところへ出かけて行ってお午（ひる）でもご馳走になろうかと思ったんですがね』（中略）『でもその調子ではとてもそこまで行けないいんじゃないの』『なあに、ちゃんと行けますとも。すこし歩いては息を入れて、ひとやすみしたらまた腰を上げて歩き出しますからね』」*18

このあとも彼女と老婆の会話は続くが、老婆は年を聞かれ「百と四つで、あんた、百と四つになりますよ、やっとのことでね」と答える。そして彼女は思わず、五カペイカ銀貨を老婆に渡し、これでロールパンでも買ってはどうか、といい出してしまう。老婆はとくに嫌がるでも喜ぶでもなく、礼儀正しくお礼をいって銀貨を受け取った。「お婆さんは気持よくそれを受け取ってくれました。それがちっとも施し物をもらうというふうではなく、なんだか礼儀のため、それでなければ心が素直なためといったような態度なのです」*19。そして二人は別れた。

これも「百姓マレイ」同様、ごく平凡な光景である。道端ですれ違った人とのちょっとした会話や、電車で老人に席を譲ったときに、何か心が満たされるような体験は誰しもあるだろうし、これも、そんな日常の出来事にすぎない。

しかし、ドストエフスキーはこの老婆に「百姓マレイ」につながる、民衆という存在の本質を見出だしてゆく。以下は、ドストエフスキーがこのエピソードから、さらに想像した、老婆のその後の場面である。

ドストエフスキーは、この老婆が孫の家にたずねて行くところを想像する。その家は、貧しい人たちにちがいないが、日々の生活に困るほどではなく、人に後ろ指さされることもない真面目な生活を送っているのだろう。そして、老婆は、そこで愛想よく迎え入れられたにちがいない。この老婆の孫娘というのは、たぶんこの家の主人の妻で、そこにいる数人の曽孫たちがさっそくおばあさんにまとわりつく。老婆というのは、なぜかこのような幼い子供にこそ好かれるものなのだ。そこには偶然先客もいて、老婆とたわいない話が弾む。

老婆は、今日はあまりにもいい日よりなので、家にいるのがもったいなく、こうして孫の一家に会いに来たのだが、その途中に若い奥さんに出会って、親切にも五カペイカをもらったことなどを話す。しかし、次第に老婆は、疲れが出たのか息切れがしはじめ、やがて押し黙ってしまう。そして、その手を曽孫の一人の肩にかけたまま、老婆はついに動かなくなってしまった。百歳を超える生涯が静かに閉じられたのだ。

人々はショックを受けるが、葬儀の準備に取り掛かる。百歳を超えた老婆の死は、悲しみよりも、ある威厳と感動をもって人々にむかえられる。そして、もっとも深い衝撃を受けたのは曽孫たち、とくに、間近で老婆の死に直面した一人だった。

「〔その曽孫は〕この先どれくらい生きているか分からないが、自分の肩に手をかけたまま死んで行ったこの老婆のことは、いつまでも覚えているに相違ない。しかし彼が死んでしまったならば、かつてこのような老婆がいて、どのように、またなんのためかは知らないが――百四歳まで生き永らえていたことを知っていたり、思い出したりする人は、この広い世界にただのひとりもいなくなるわけである。それになんのために覚えている必要があるだろう、どっちにしたって結局は同じことではないか。こうして幾百万の人間がこの世を去っていく。ひっそりと生きひっそりと死んでいく。ただちがうところは、男女の別なくこのような百歳を越える老人が息を引き取る瞬間には、なにかいわば人を感動させるような穏やかなもの、いやそれどころか襟を正させ平和をもたらすようななにかがあるということだけである。百歳という年輪は今日にいたるまで人間になんとなく不可思議な力で働きかけている。神よ素朴で善良な人々の生と死にどうぞ祝福をお与えください！」[20]

思想史家渡辺京二は、『ドストエフスキイの政治思想』にて「私はこの百四歳の老婆の話に、民衆という存在に対するドストエフスキイの感受性の質が赤裸々に示されているように思う」[21]と述べた。渡辺によれば、ドストエフスキーがこの老婆に見たものは、「最も自然に近づいた人間のありかた」である。民衆とは、日々の繰り返しをひたすら耐えながら、それこそ目的地に向かって歩いては休むことを繰り返す老婆のように生きている人々である。それは、朝太陽が昇り夜には沈むような、果てしない無限の繰り返しである。生をひたすら日々を繰り返すこととして引き受け、最後には死を運命のおとずれとして受け入れて去っていくこと。それはいかに知識人や政治運動家からは、無知のまま、空しく何ものもなさずに生きた人生のように見えようとも、そこには「人を感動させるような穏やかなもの、いやそれどころか襟を正させ平和をもたらすようななにか」が確かに存在しているのだ。

もし人間社会で平和というものを考えるときに、その基本には、このような人々が存在していなければならず、もし存在しないならば平和は成り立たないのである。およそこの地球に人類が出現して以後、いつか来る滅亡を迎えるまで、いかなる政治体制のもとであれ、また、さまざまな社会の表層の変化、科学技術の発達などが起きようとも、この民衆像は人類にとって絶対的に不変の存在であり、かつ、あらゆる民族を越えた普遍的な人間の在り方である。たとえば小林秀雄が、戦後すぐに『私の人生観』の中で述べた次のような言葉と、ここでのドストエフスキーの言説はきわめて近い思想的地点にあるように思われる。戦後、知識人たちがしきりに戦争への「反省」を叫び、アメリカ民主主義やソ連社会主義を引用して日本社会を裁こうとし、「平和主義」を声高に語っていた時代に発せられた言葉である。

「思想のモデルを、決して外部に求めまいと自分自身に誓った人。平和というような空漠たる観念のために働くのではない、働く事が平和なのであり、働く工夫から生きた平和の思想が生まれるのであると確信した人。そういう風に働いてみて、自分の精通している道こそ最も困難な道だと悟った人。そういう人々は隠れてはいるが到る所にいるに違いない。私はそれを信じます[*22]」

ドストエフスキーはこの視点から、「百歳の老婆」とまったく同じように、幼くして都会の片隅で死んでいった少年の姿を、まるで一人の幼き聖人のように描き出した。

キリストのヨールカに召された少年

クリスマスは、ロシアにおいては「ヨールカ祭」として、年末に子供たちのための祭りとして行われる。しかしドストエフスキーの時代には、このお祭りの時期は、ペテルブルクで多くの子供たちが「物乞い」に出される季節でもあった。『作家の日記』には、その実態も具体的に書かれており、無数の子供たちが街頭にあふれ、「お手々を突き出して」（物乞いのことを子供たち自身がこう表現するのだという）いくばくかのお金を恵んでほしいと歩き回っていたのである。

このような子供たちを生み出しているのは、酒におぼれ、職を失った人々の集団である。ドストエフスキーはここでも、民衆の醜さや自堕落から決して目を背けてはいない。彼らは子供たちを物乞いに走らせ、自分たちはどこかの地下室でたむろしては、女房にしばしば暴力をふるう。そして、その女房も同じように酒におぼれてゆく。子供がいくらかのお金を持ち帰れば、それもまた酒に代わってしまう。

このような子供たちは、少し大きくなれば工場などに働きに行かされる。そしてその給金は、もちろん親たちの酒に化けてしまう。そして、子供たちもこのような生活を通じて一人前の犯罪者になっていき、ついには「自分がどこの国民であるかも、神はあるのか、皇帝はいるのかということも、なにひとつわきまえていない[*23]」浮浪者として生きていくことになる。この子供たちは成長すれば、シベリアで自分が出会ったような犯罪者になっていくことを、ドストエフスキーは確信していた。

しかし、そのような少年たちの一人を主人公に、アンデルセンの「マッチ売りの少女」を想起させるような美しい童話をドストエフスキーはつくり出した。それが、「キリストのヨールカに召された少年」である。それは一〇頁にも満たない小品だが、一度読んだ人には忘れることのできない印象を残すだろう。

主人公の少年はせいぜい六歳足らず。母親はどこか地方の小さな町の生まれで、このペテルブルクに、おそらく故郷を追われてやってくるが、そこで重い病気に罹り、今は仮の宿としているどこかの地下室でもう死の床にいる。少年は何度か母親を起こそうとしたが、すでに冷たくなっている母親は何の反応もない。夜も更けて、少年は一人、ヨールカ祭で沸き返る街に出ていく。

これまで少年が住んでいた、一本の街灯の光しかなかった町と異なり、このペテルブルクはまさに光の洪水だった。そして、ヨールカ祭を祝う人の波が通りを埋め尽くし、建物の中では大きなもみの木に無数の明かりや飾り物がつけられ、音楽が鳴り、着飾った子供たちが遊びまわっている。まるでそれは天国のように見えた。さまよう少年に、ある婦人が貨幣をめぐんでやろうとしたが、寒さで手がかじかみ、また、そのようなことに慣れていない少年は貨幣を落としてしまった。

そのうちに、ガラス越しに、少年がこれまで見たこともないような巨大な人形を見つけ、しかも人形が自動仕掛けで動いていることに、少年は空腹も忘れて見入り、初めて笑いだす。しかし、そのあとすぐに、少年は街をうろつく浮浪児たちに襲われ、おびえて逃げ惑ったあげく、ある家の中庭に駆け込み、そこに積まれた薪のうしろに隠れた。

そこで、やっとほっとして座り込んでいるうちに、突然、少年はこれまでの寒さも、かじかんだ指の痛みも、空腹も消えていくのを感じる。そのうちに、母親がいつも歌っていた子守唄が聞こえてくる。そして、その声に続いて「さあ坊や、わたしのところのヨールカ祭へいこうじゃないか」

という、母親とは別の、しかしやさしい声が聞こえてきた。そして、はっきりとは見えないが、少年は誰かがそっと自分を抱いてくれるのを感じた。少年もその人に手を差しのべると、直ちに目の前に、明るい巨大なもみの木が現れる。そこには、たくさんの子供たちが、透き通るような明るい体をして、少年の周りをくるくる回りながら飛び回り、彼に接吻してくる。そして、少年はいつの間にか自分も空を飛んでいるのを感じる。母親もまたいつの間にかこちらを見て微笑みかけている。空を飛ぶ子供たちは、これが「キリストさまのヨールカ」なのだと教えてくれる。

「『キリストさまのところではいつもこの日には、自分のヨールカを飾ってもらえないちっちゃな子供たちのために、ヨールカを飾ってくださるんだよ』……」*24

この「自分のヨールカを飾ってもらえない子供」とは、当時のロシアにはあふれていた、両親に捨てられて凍死した子供、また飢饉の時代に亡くなった子供など、孤独のうちに幼い生命を絶たれた子供たちのことだった。そのような子供たちが、今は天使のようになり、キリストのおそばに集まり、そこでは子供を捨てた罪深い親たちもみな許しと祝福を受けている。物語はここで終わり、翌朝、薪の山のかげで凍死していた少年が見つかったことがつけ加えられる。

この童話は、悲劇的な少年の死を描いていながら、弱者を疎外し死に至らしめる社会への告発や、不幸な少年への同情以上に、まるで聖者伝説のような美しく幸福な読後感を残してくれる。童話の構造は単純に見えて細部まで考え尽くされており、少年は六歳というまだ判断もおぼつかない、逆にいえば純粋な存在として設定される。さらに、その少年が未だに母の死をも判断できない中、ペテルブルクという人工都市が表す巨大な幻想に魅せられてゆく姿を率直に描き、その直後に、街が美しさの影に生み出している、貧困と矛盾の象徴として、浮浪児たちの暴力に少年を襲わせている。人工都市の繁栄は、この小さな孤独な命を救うことなどできないのだ。

そして「キリストさまのヨールカ」によって、少年の魂を、都市よりもはるかに美しい救済のイメージの中に解き放つ最後のシーンは、この惨めで孤独な少年が、実は、ペテルブルクに住むどんな人よりも、短くとも幸福な生涯を送ったかのように思わせる。この社会が切り捨て、押しつぶしたかに見える小さな生命が、逆に、この社会の醜さと軽薄さに耐えきれず、自ら旅立っていったように思わせるのだ。

百四歳の年齢を、黙々と日常を生き、家族に囲まれて亡くなった老婆の存在感も、すべての人に見捨てられ、ヨールカ祭の夜に孤独に凍死した少年も、ドストエフスキーの中では、同じように救われなければならなかった。幼くして命を奪われることも、長寿を全うすることも、同じように自然の中での生命の在り方なのだ。

ドストエフスキーの「民衆」とは、このような、およそ文学的な表現でしか説明できない、いかなるイデオロギーにも社会構造にも取り込まれることを拒否する存在だった。しかし同時に、ドストエフスキーはこのような存在が、近代化を目指す当時のロシアにおいて、ますます居場所を失っていくのではないか、まるで老婆やこの少年のように、永遠に消え去ってしまうのではないかという恐怖にもとらわれていた。「神の喪失」「知識人と民衆との乖離」「アンチクリストの出現」など、さまざまな概念で彼が繰り返し訴えた危機意識は、実はこのことを指していたはずだ。

次章では、このような民衆の精神が、資本主義化、近代化の最中で居場所を失っていく世界において は、神も、また人間も生きていくことはできないという、ドストエフスキーの危機感について読み取っていく。

第四章　ドストエフスキーの見たロシアの近代

上からの近代化が招いたロシアの混沌

ドストエフスキーはペテルブルクという、ロシアの近代化の象徴ともいえる都市の風景を次のように描写している。

「ペテルブルクの建物はいずれも一風変わった、きわめて特徴的なものばかりでわたしはいつも驚きの目を見はらせられたものであった、――それはつまり、この町がその存在の全期間を通じて持ちつづけてきた無性格さと無個性さを余すところなく現わしているからにほかならない」

「ペテルブルクのような都市はほかに見当たらない。建築様式の点に関してはペテルブルクは世界じゅうのあらゆる建築様式、あらゆる時代あらゆる流行の反映であり、ありとあらゆるものが段階的に取り入れられあらゆるものが自己流に歪められているのである」

「こうした建築物を見ていると、まるで本でも読んでいるように、規則的にあるいは不意にヨーロッパからわが国へ飛び込んできて、しだいしだいにわれわれを征服し、とりこにしてしまった、ありとあらゆる大小の思想の流入が余すところなく読み取れる」[*1]

「ここに見られるのはなにかひどく無秩序なものであるが、しかしこれは今日のでたらめな世相にまったくふさわしいものである*2」

ドストエフスキーは、こう書いたからといって、決してペテルブルクという都市を否定しているわけではない。このような混沌の中で生きる市民の姿と、都市そのものが幻影のように彼らを包み込む風景をいかに魅力的に描き出したかは、ドストエフスキーの小説作品を読めば明らかである。しかし同時に、この都市が根本的に人工都市であり、あらゆる時代時代の流行を無原則に取り込んできたことに変わりはなかった（しかし、この風景は、どこか現在の東京を想起させるものがある。バブル時代の残骸とタワーマンション、さらにはネットカフェとあらたな貧困層の出現）。

ロシアに近代化の波がもっとも激しく流入したのは、名高いピョートル大帝の時代以上に、クリミア戦争におけるロシアの敗北以後、ロシア政府が、上からの近代化を推し進めたことによる。その代表的政策は一八六一年の農奴解放令であった。

農奴解放は、当時のロシアにおける二二五〇万人もの農奴を解放したが、その原則は以下の三点に基づいていた。

1．農奴は人格的に解放されるだけではなく、土地をつけて解放される。しかしその分譲地に関しては支払いの義務を負う。

2. 農奴が土地を買い戻す価格は、その地代を六分の利子として資本に還元した額（つまり地代の一六・六七倍にあたる）とする。政府はこの買戻し金の七五％から八〇％を農民に肩代わりして国債と証書の形で地主に支払い、農民は政府が立て替えた額を、四九年の年賦で政府に支払う。

3. このような分譲地は、ほとんどの場合、農民個人に対してではなく、まとめて農村共同体に与えられ、その支払いも農村の共同責任とされた。

（以上、外山継男『ロシアとソ連邦』を参照）

この原則自体は、明らかに、農民がまったく権利を剥奪されていた時代に比べれば大きな進歩だった。ドストエフスキー自身、貴族階級も皇帝も自らの手で特権を否定し、国民に恩恵をもたらし、西欧諸国ならばおそらく暴力的な革命によってしか行えなかった変革を自らの手で実践したとして、農奴解放を称賛している。だが同時に、この農奴解放後、農民の不満と反乱はむしろ増加することになった。

まず、農民たちは、分与地が期待よりはるかに狭く、しかも高額な土地代は払えなかったため、高利貸や農民銀行に借金を重ねることになった。かつては共同体であり農民の伝統精神のよりどころだった農村は、農民を経済的に管理する組織に制度的に変貌した。農奴が農民として解放されたことは、同時に、資本主義システムの契約に縛られることになったのである。農民の反乱や抗議は、農奴解放直後の三月から四月にかけて各地で発生する。農民たちは、今回の農奴解放の内容は貴族たちがでっちあげたもので、皇帝のご意志は、無償で農民に土地を分配するつもりだったのだと信じ込んでいたのだ。ここには、皇帝に対する幻想とともに、自分たちが、貴族の農奴ではなく、契約と借金に支配されてしまうのだという、近代化と資本主義に対する根源的な拒否の精神がみなぎっていた。

ドストエフスキーがロシアの近代化に見たものは、資本主義の導入によって、それまでの生活意識が失われ、伝統や信仰、共同体が解体され、民衆の精神が危機に陥っていく姿だった。この事態を、革命派知識人は、民衆の怒りをロシアの帝政と資本主義打倒の方向に誘導しようとし、また、自由主義的知識人は、近代化は絶対に必要であり、民衆の混迷や反抗は、彼らの受動的な生き方や閉鎖的な生活圏と意識によるもので、いずれは克服されねばならないのだと説いた。ドストエフスキーはとくに後者の知識人に対し徹底的な反論を展開しているが、そこで彼があげている二つの事例は次のようなものである。

まず、ドストエフスキーは、「百姓マレイ」同様の、少年時代の忘れがたい体験をあげている。彼が九歳のころのことだったが、復活祭の日にドストエフスキー一家が団欒していた際、父親の領地で火事が起き、財産のほとんどが失われたかもしれないという悲報が届いた。すると、子守として家にやとわれていたばあやが「お金が入用になるようでしたら、どうぞわたしのをお使いください。持っていても仕方がないので、わたしには必要がありませんから……」[*3]と、まったく自然な様子で申し出たのである。彼女は、給金も近年はほとんど受け取ろうとせず、もらった分も使わずに質屋に預けていたのだった。

もう一つドストエフスキーが紹介するのは、ある作家の伝える、農奴制の過酷な時代に起きたエピソードだ。一人の母親が、病気の娘のもとに一刻も早く行きたくて、すでに氷が解けつつある危険なヴォルガ川をそりで渡らせてほしいと、当時の農奴たちに懇願したのである。農奴たちはこの母親を無事渡河させたが「これはすべて母親の涙にほだされてわれらの主キリストのためにしたことだと悟って」ついに金を受け取ろうとしなかったのだ。

ドストエフスキーはこれらの感動的なエピソードを、単に民衆の美化のために、また民衆を蒙昧な存在としか見ない知識人への反証のためだけにもち出しているのではない。ドストエフスキーは、このような精神、それは確かにロシア正教の信仰に深く根差したものなのだが、それが資本主義化の中で解体していく危機感を強く抱いていたからこそ、かつてのロシア民衆の「近代以前」の価値観を、決して失ってはならない美徳として強調したのだ。

ドストエフスキーは、農奴解放以後ロシアで実際に起きたのは「ますます増えるばかりの飲酒の習慣、数が増えいよいよ力が強くなる一方の富農、自分たちを取り巻いている赤貧状態、自分たちにしばしば刻みつけられている野獣の相」[*4]だったと述べている。これはまさに、富の格差と精神的混迷を意味する。しかし、さらにドストエフスキーにとって問題だったのは、近代化がもたらす「自由」の概念が、家庭、道徳、知的権威などを解体していくこと、その中で、とくに若い世代に、信仰や超越的な価値観が失われることによる精神的危機が訪れていることだった。

パパ、たばこをちょうだい――自由の名のもとでの家庭と信仰の崩壊

「今日ほど、ロシヤの家庭がぐらつき、崩壊し、色分けもされず、形も整えられていない時代はまたとない。早い話が、伯爵レフ・トルストイが自分の時代と自分の家庭をわれわれに見せてくれたように、(中略)あれほど整然とした明快な叙述で再現することができるような『幼年時代と少年時代』が、はたしていまどこを探したら発見できるだろう?」[*5]

トルストイの『幼年時代』は、この作家のもっとも美しい作品だろう。この作品における父親は「前世紀の人間で、その時代の青年に共通する、騎士道精神と、事業欲、自信、愛想のよさ、道楽」[*6]をもつ、自信にあふれ人生を楽しむ人物である。また母親は「ママの顔はとても美しかったが、微

笑をうかべると、比較にならぬくらい一段と美しくなり、周囲のすべてがうきうきと明るくなるかのよう」で、「もし人生の辛(つら)い瞬間にこの微笑をたとえちらとでも見ることができていたら、わたしは悲しみとは何かを知らずにすんだ」[*7]という理想的な母性像として描かれる。このような両親のもと「幼年時代」は「純真な快活さと、限りない愛への渇望という二つの最上の美徳が、生活における唯一の欲求だった」[*8]時代として、生涯を通じ、人生を支えるユートピアの記憶として存在しつづけるのだ。

ドストエフスキーは、この小説を単純に讃美しているのではない。これはトルストイ自身が認めるように「前世紀」の時代のものなのだ。トルストイ家はロシア皇帝に仕える代々の貴族であり、トルストイの両親は、ナポレオンとの戦争における勝利が、ロシアに国家としての自信と民族的な誇りをもたらした時代に生きた。だからこそドストエフスキーは、冷静に「こうした叙事詩はすべていまとなっては、とっくの昔に過ぎ去った時代の歴史的画面でしかない」[*9]と書き、このような明確な価値観に根差した家庭は、すでに望むべくもない特権貴族層のものであり、現代に復活できるものでもないことはきちんと指摘しているのだ。

しかしその上で、ドストエフスキーは、ロシアの急速な近代化が、あまりにもいびつな形で家庭を崩壊させてしまっている実例として、列車の車両の中で出会った紳士とその子供のエピソードをあげている。おそらく八歳くらいの小さな息子を連れた紳士が乗り合わせたのだが、紳士もその子供も、最新式の西欧風の洋服を身に着けた申し分のないたたずまいだった。しかし、子供は座席に座るや否や「パパ、たばこをちょうだい！」[10]とねだり、父親は何のためらいもなく子供にたばこを与え、自分も一服しはじめたのである。

ドストエフスキーは、続けて「わたしは生涯を通じてこのような父親には一度もお目にかかったことがないし、おそらく、これからもお目にかかることはあるまい」[11]と書いているため、このエピソード全体が作り話か、かなりの誇張を伴ったものかもしれない。だが、ドストエフスキーが危機感を募らせていたのは、この父親の行動の背後にある「あらゆる偏見を無視すること」[12]が正しく、さらに進めば「これまで禁じられていたことは――すべてナンセンスで、むしろ反対に、どんなことでも許されている」[13]という世界観、これが現在のロシアに、しかも家庭の中にまで持ち込まれているという現実なのだ。

ドストエフスキーは、現代の父親は、本来いかなる父親であれ共有すべき、理念も信仰も失ってしまったと嘆く。それはあえて単純化すれば、父親としての権威と、正教の信仰なのだが、ドストエフスキーはそれを何も絶対的な真理だとみなしているのではない。とくに賢い子供の中には、父から受け継いだ価値観や信仰に疑問をもち、時には拒否することもあることをドストエフスキーは認めている。しかし、だからといって、そのような理念や信仰を伝えること、そのこと自体は父親の責務なのだ。

「社会と家庭を結びつけるこの共通の理念が厳として存在しているということこそ――まさに秩序、つまり道徳的秩序のはじまりであり、その秩序は、もちろん、変更、進歩、訂正によって形が変わることはあるにしても、やはり――秩序は秩序であることに変わりはないのである。ところが現代にあってはこうした秩序なるものが存在していない[*14]」

ドストエフスキーにとって近代化とは、それまでの権威を、非科学的な蒙昧なものと決めつけ排斥することにほかならず、その結果として、道徳的秩序を解体し、家庭をはじめとする民衆の共通の価値観を失わせるものだった。そうなれば、両親は子供の前で、信仰や民話などを公然と否定し、また、両親の子供に対する責任は、道徳や信仰を伝えることではなく、単に物質的な財産を残すことや、社会で出世するための条件を整えることだけとしか考えなくなるはずだ。ドストエフスキーは、このような「進歩的」な両親から育てられた子供の行き着く先は「もし神聖なものなどぜんぜんないとしたら、つまり、どんな汚らわしいことをしても差し支えないということになる」という姿勢にすぎないと断定する。仮に両親が、進歩的思想から人間を蒙昧から解放しようとしても、あるいは、未来の人類の平和を真剣に望んでいたとしても、道徳や伝統、家庭、秩序といった価値観を排除するならば、その理想は、このような最悪のニヒリズムを生み出してしまうのだ。

ドストエフスキーは、進歩的・自由主義的知識人が蒙昧で無知としか見ないキリスト教の伝統、ロシアにおける正教信仰の伝統こそが、このニヒリズムから人間を守り、救い出すのだという信念を抱きつづけた。国家にも家庭にも、またすべての個人にも、その道徳と秩序を支える「偉大な思想」が絶対に必要であり、それなくしては子供たちの世代に美しいものを生み出すことなど決してできないとドストエフスキーは確信していたのだ。そして、仮にトルストイ家のような偉大な父親や美しい母親ではないにせよ、いや、たとえ最悪の両親であったにせよ、彼らの中にこの偉大な思想、正教への信仰さえひとかけらでも残っていたならば、子供たちは人生を旅立つにあたって、確かな手がかりを受け継ぐことができるのだ。

「事実、これ以上はもう落ちようがないほど堕落しきった父親であっても、たとえほんのかすかなものとは言いながら偉大な思想と、それに対する偉大な信仰のかつてのイメージをいまだにその心の中に温存していたために、その哀れむべき子供たちの感受性の強い、しかも飢え渇いている魂にこの偉大な思想と偉大な感情の種子をまきつけることができ、（中略）このような善行をほどこしたということだけで、その子供たちに心の底から赦してもらえたというような例も、しばしばあるのである。肯定的でこの上なく美しいものの萌芽がなくては、人間は幼年時代を抜け出して人生へ足を踏み入れることはできない*[15]」

ドストエフスキーは、教養を備えた、西欧の最新思想を学んだ知識人や、資本主義経済の中での成功者よりも、表面的には無知で堕落しているように見えようとも、心の中に、先祖が信じてきた信仰のかけらを抱きつづけ、その美しさと偉大さを子供に伝えようとした民衆の側にこそ、人間が生きていく上でもっとも大切な理想や道徳の概念が生きているのだと説いた。これは『罪と罰』に登場する、娘ソーニャを売春婦にしてしまう父親、マルメラードフの姿を想起させる。いかなる意味でも弁護にも憐憫にも値しないかに見える、この酔いどれの父親は、それでも信仰だけは失わず、最悪の環境に陥る運命にあった娘ソーニャの心にも信仰の種子を植え付けた。ソーニャに受け継がれたこの信仰こそが、この世界に不必要な金貸しの老婆を殺すことは正義だという、ラスコーリニコフの知識人としての奢（おご）りと概念を崩壊せしめたのだ。

そのような信仰と理念がすべて奪われていけば、その先に残されているのは、心の拠り所をもたず、各自がばらばらに自らの価値観に従って行動する価値相対主義と徹底した個別化、そして人間の疎外がひたすら進行していく社会だけである。ドストエフスキーはそのような現象を、まさに当時のロシアに見出していた。

「文学の世界でも個人の生活においても著しい孤立化の時代が到来して、知識の多面性が姿を消すようになった」
「口角泡をとばすほどむきになって自分の論敵に反論しつづけている人たちが、どうかすると十年ものあいだ論敵が書いたものには一行も目を通さずに、『おれはあの連中とは信念がちがうのだから、あんな愚劣なものなんか読んでやるものか』と豪語している始末なのだ[*16]」

この一文などは、まるで現代のネット社会を思わせるものだが、ドストエフスキーは、ロシアの言論状況が「極端な一面性と閉鎖性、孤立化と不寛容」に満ちたものとなってしまい、その結果として「直線主義」に陥っていると批判した。さらに、シェークスピアやラファエロのような古典作品に対して、それを現在の価値観と自分の乏しい知識だけで時代遅れのものとみなし、貶めることがまるで新しい知的偉業であるかのようにみなされている浅薄な傾向を批判している。これは二〇世紀にオルテガら思想家が展開した大衆社会批判を先取りするもので、あらゆる複雑な思考を廃し、単純な結論と実際的な効果のみを求めて、知的な応用、隠喩、寓意などを拒絶するロシア社会の精神構造を問題にする。もちろんこの根本的原因は、伝統という知的蓄積も、歴史という継続性も無視する、行きすぎた近代主義である。

「単純は分析の敵である。自分の単純さのためにしだいに対象が理解できなくなり、（中略）自分自身の見解が単純なものから、いつのまにかひとりでに非現実的なものに変わってしまうという結果に終わる」[*17]

近代化と資本主義の発達が民族固有の伝統を解体していくこと、そのこと自体は不可避の歴史過程であろう。日本が独立を維持し近代化を成し遂げるために明治維新を必要としたように、ロシアもまた、ピョートル大帝の改革以後、歴史の必然として近代化を目指す以外に道はなかった。しかしそのことと、前近代の価値観や伝統を、近代的価値観に比して下位のものと「単純化」し、否定することはまったく別の問題である。「百姓マレイ」の世界、民衆に根差した信仰や道徳理念を、無知蒙昧な前世紀の価値観として「単純化」し切り捨てることが、いかに世界を不毛なものにしていくかを、ドストエフスキーは確信していた。

その結果として、ドストエフスキーは、当時ロシアで増加していた若者たちの自殺を、この単純化の時代が必然的にもたらした悲劇とみなし、自殺者を時代の犠牲者として論じている。

自殺へと向かう近代のニヒリズム

まずドストエフスキーが実例としてあげているのは、一七歳で、クロロフォルムをしみこませた布で顔を覆って自殺したある女性の遺書である。彼女はある著名な亡命者の娘だったが、その遺書はフランス語で書かれていた。

「わたしは長い旅に出ます。もし自殺が成功しなかったら、みんな集まってわたしが死者の中からよみがえったことを祝ってクリコ（フランスのクリコ社から発売されていたシャンペン酒）のグラスで乾杯するといいわ。でももし成功したら、ひとつだけお願いしておきますけれど、わたしが間違いなく死んだことを十分確かめてから、埋葬するようにしてください。だって土の下の棺の中で目をさますなんてとても不愉快なことですものね。そんなのってシックなことじゃありませんわ！」[18]

遺書の最後の言葉「シック」という単語に、ドストエフスキーは、世界に対する彼女の「挑戦、怒り、恨み」の感情が込められていると読み取る。この女性は、一時の感情や衝動、あるいは物質的な問題などで自殺を選んだわけではない。ドストエフスキーは、彼女は「目の前の世界の単純さ」「人間がこの地上に現れたことの『愚かしさ』に、この出現の筋の通らない偶然性に」堪えられなくなったのだと考える。

ドストエフスキーによれば、彼女は親の世代が生み出した、直線的で単純な価値観、この世には共通の偉大な思想も信仰もなく、価値はすべて相対的であるという思考を素直に受け入れた。しかし、その結果得られたものは「冷たい闇と退屈」という疎外感、自分が他者とつながることができない息苦しさであり、それに耐えられずに自死を選んだのだと推察しているのだ。この遺書には一七歳にして「人生に意味や価値などない」という意識しか残らなくなったもっとも空虚な意識が描き出されている。

「ここには疑う余地もない苦悩があり、彼女が精神的な懊悩(おうのう)のために、さんざん苦しんだあげくに死んだことは間違いない。それにしても十七歳という年齢でなにがいったいそんなに疲れ果てるまで彼女を苦しめたのだろう?」

「これは両親の家庭における理論に歪められた教育、人生の最高の意義と目的について誤った観念をいだき、彼女の魂の中の霊魂は不死であるという信仰を残らず根絶やしにしようと意図する教育の結果にほかならない[*19]」

イギリスの保守思想家チェスタートンは、自死をもっとも許してはならない罪だとし、それは、自分とともに、全世界を嘲笑し抹殺することだからだと述べた。彼女の自殺にドストエフスキーが見たのはまさにその典型である。世界を自らの狭い知識や意識で単純化し、不毛で非合理な、いつ捨ててもかまわない矮小なものとして立ち去ること、これほど傲慢な精神は他にない。この少女は、近代社会が生み出した価値相対主義の犠牲者であり、人間は、神も伝統も、他者とのつながりもすべて否定した荒涼たる世界に生きていくことはできないことを証明したのだとドストエフスキーは考えた。

しかし、チェスタートンよりはるかに低次元の、まるで的外れの意見も、当時のロシアでは寄せられていた。ある雑誌には、現代という時代は「鉄のごとく堅固な認識力の時代、積極的見解の時代、なにがなんでも生きねばならぬ！」[20]精神の時代であり、自殺などは自己顕示欲とエゴイズムに裏づけられた俗悪なヒロイズムである、という批判論が掲載されたのである。ドストエフスキーは、このような「進歩的」で「積極的」な時代などという、近代化や資本主義の導入を微塵も疑おうとせず、その中で進行する精神の空虚さに目を向けようともしない知識人の姿勢こそが、彼女をはじめ多くの若者を自殺に追いやっているのだという。

ドストエフスキーは「退屈のあまり自殺した」[21]男の手記を論じつつ、彼の自殺論をさらに展開してゆく。この自殺者は、自らが意識をもつこと、それ自体が不幸であるという人物である。彼は「この自然はいったいいかなる権利があって、なんだか訳の分からない永遠の法則とかいうものにしたがって、この世にこのおれを送り出したのだろう？」[22]という問いから離れられない。

「自然は、おれの意識を通して、全体としての調和とかいうものをしきりにおれに告げ知らせる。

人類の意識はこの告知にしたがってさまざまな宗教をやたらに作り出した[*23]」。しかし、彼は唯物論者であって宗教などというものは認めないし、いつか世界が「全体としての調和」に至るとしても、そんなものは、自分が死んでしまえば自分にはまったく関係ないものとしか思えない。その上で生きることに意義を見出そうとすれば「動物のように生きる、つまり食い、飲み、眠り、巣を作り子供を増やす[*24]」ことに満足するしかない。自殺者は、ついに次のような結論に至る。

「かくも厚かましく無遠慮に苦しみ悩むためにこのおれを送り出した自然に対し――おれとともに絶滅してしかるべきであると判決をくだすものである……。しかしながらおれには自然を根絶させることはできないので、このおれひとりだけを絶滅させることにする。これはひとえに罪を負うべきものがいない圧制を忍ぶことにうんざりしたためにほかならないのだ[*25]」

しかし、この自殺者は決してアンチ・ヒューマニストではない。彼はこの「遺書」の中で、もしかしたら将来、合理的な社会の進歩によって、世界の調和が実現するかもしれないが、自分はそれを認めることはできない、未来の調和のためだからといって、それまでの長い年月、なぜ、多くの人間が犠牲になったり不幸にならなければいけないのか、その一点だけでも、その調和は認めることはできないと語る。これは『カラマーゾフの兄弟』で展開される、イワン・カラマーゾフの思想の原型であることに、ドストエフスキーの愛読者ならばすぐ気づくだろう。

もちろん、社会の進歩が人間を幸福にすると信じ、前近代の信仰や伝統を否定した上で、国家や民族を越えたヒューマニズムの理想郷を建設しようとする善意の理想主義者がいることも、ドストエフスキーはよく理解していた。信仰や伝統のかわりに、普遍的な人類愛に基づく世界のすべての民族の調和を、道徳的目標と、社会の基盤におこうという理想主義に、ドストエフスキー自身も青年期にはあこがれを抱いたはずである。しかし「そのような理想主義は必ず失敗する」というのも、シベリア流刑を体験し、現実のロシアの近代化に直面したドストエフスキーの確信だったのである。

ドストエフスキーは残酷な人間心理を考察していく。飢餓のために死にかかっている家庭において、両親にとって子供の苦しみがどうしても見るに忍びないものになると、ついには逆にその子供を憎みはじめるということがあり、さらには、苦しんでいる人間を前にして、おのれの無力を認識すると、人類に対する愛情が人類に対する憎悪に代わるということもあるとまで断言するのだ。この逆説的な断定は、ドストエフスキーが次の結論を導き出すために前提としたものである。

霊魂の不死という概念と民衆の生

「人類に対する愛は——人間の霊魂は不死であるという信仰を伴わないかぎり、まったく考えすらも及ばないものであり、不可解で、絶対にありえないものであるとはっきり宣言しておく。人間から霊魂は不死であるという信仰を奪って、人生の最高の目的という意味でのこの信仰を、『人類に対する愛』に置き換えようとする人たちは、わたしはあえて言うが、自分自身に戦いをいどんでいることになる。なぜならば、それは人類に対する愛のかわりに、信仰を失った心に人類に対する憎悪の胚子を植えつけるにすぎないからである」[*26]

ドストエフスキーもまた壮大な夢想家の一人だった。しかし、人類の調和や理想社会など決して実現しないこと、しかしそれを求めなければ人間は生きていけないという現実を知る、もっとも根源的な意味での「リアリスト」でもあったのである。実現しえないものを信じるためには、「人間の霊魂は不死であるという信仰」が必要だと、ドストエフスキーは考えた。

この言葉自体は、近代的価値観からすれば証明不可能な、それこそ「信仰」のレベルでしか成立しない観念論にしか聞こえないだろう。ドストエフスキー自身、この言葉のすぐあとに、「わたしのこうした主張に対して、鉄のごとく堅固な理念の持ち主である賢人たちは、勝手に肩をすくめるがいい。だがこの思想は彼らの英知よりも賢く、いつかは人類の公理となるであろうことを、わたしは信じて疑わない。ただしこれもまたいまのところは証拠をあげずに提示するにとどめておく」[*27]と付け加えている。

ドストエフスキーがロシアの現状から確信したのは、信仰という、自分自身を越えた超越的な存在への敬意を失い、個々人を支える家庭も共同体も、資本主義のルールと合理主義によって支配されつくしたあとには、人間が徹底的に個別化され疎外された社会しか生まれえないことだった。その中で人類愛の理想やヒューマニズムを説いたところで、決して実現しないばかりか、強引にその理想を求めれば、絶望と自殺、あるいは他者への憎悪に結果的には陥ってしまうのだ。ドストエフスキーが「霊魂の不死」という言葉で伝えようとしたのは、「百姓マレイ」や「百歳の老婆」のような、知識人の眼からも政治権力の側からも、無意味な生としか思われない民衆が信じ守りつづけている信仰、それに基づく道徳、そしてそれを子孫に、共同体に引き継いでいこうとする姿勢のことだろう。そして、マレイの子供たちも、老婆の孫や曽孫たちも、同じようにその生の繰り返しを生きてゆく。

ドストエフスキーは、子供に対して乳母や祖母が、ロシアの民話や聖人伝説を語り伝えることがどれだけその幼年時代を豊かなものにするかを強調している。そして、いかに堕落した親であれ、たとえかすかでも伝統と信仰を子供に伝えること、それこそが国家や社会の基盤となり、人間の生を意義あるものにすること、それを断絶してしまえば、いかなる人類愛も成り立たなくなることが、ドストエフスキーが繰り返し訴えたことの本質であるように思われる。

神のもとに旅立った少女の死

そして、ドストエフスキーは、同じように若い一人の女性の自殺を、以上のような近代意識に追い詰められた果てのものではなく、逆に、ある美しい聖人伝説のように紹介している。

これはごく短い新聞記事からドストエフスキーが引用したもので、そこには一人の、若く貧しいお針子の自殺について書かれていた。彼女は貧しさの中「どうしても食べていくだけの仕事が見つからなかったので」四階の窓から、「聖像をしっかりと握りしめて」飛び降りて死んだのだった。彼女は不幸にして、この社会では命をつなぐだけの仕事も場所も得られなかった。しかし、その結果に対し、何ら不平や不満をもつこともなく「生きていけなかったので」「神様がお望みにならなかったので」お祈りをして自殺したのだった。ドストエフスキーはこの自殺には深い共感と感銘を受けている。

「世の中には、外見はどんなに単純なものであっても、いつまでたっても頭にこびりついて離れず、妙に目の前にちらちらして、まるで自分がそのことに責任でもあるように思われてならない、ある種の事柄というものがあるものだ。このおとなしい、みずからを滅ぼした魂のことを考えると思わず知らず胸が痛くなってくる[*28]」

この女性の死は、前者のそれとは明らかに異なり、近代化の果てではなく、近代社会から疎外され、解体されていく前近代的な価値観の象徴として描かれている。ここでの自死は、前章で触れたキリストのヨールカ祭で死んでいった少年と同様、彼女自身がこの社会を捨ててさらに美しい世界へ旅立ったように思わせるものがある。誰ひとり怨むことなく、聖像を抱いて静かに世を去っていった少女と、クロロフォルムの匂いに包まれて、世界を拒絶した少女の死とは、同じ自殺とはいえまさに劇的な対照をなしている。そして「おとなしい、みずからを滅ぼした」少女は、『作家の日記』に収録された後期ドストエフスキーの短編小説「柔和な女」としてよみがえるのだ。

第五章　近代を乗り越えてゆくロシア

「柔和な女」と知識人の問題

『作家の日記』には、いくつかの短編小説が収録されているが、前章で記したロシアにおける急激な近代化が人間精神を閉塞させ、自殺に導いていく問題に正面から取り組んだのは、「柔和な女」と「おかしな男」の二作品である。いずれも、ドストエフスキーの作品中、他に類を見ない性格を有しており、独立した文学作品としても興味深い優れた作品といえよう。しかし、本書ではあくまで、『作家の日記』におけるドストエフスキーの政治論、近代批判論の一環としてこの二作品を読み解いていくこととする。

「柔和な女――幻想的な物語」は『作家の日記』一八七六年一一月号に掲載された、一人の自殺した女性の物語である。これはドストエフスキーが書いた、ユニークでかつ残酷きわまる恋愛心理小説だが、ストーリーは単純であり、すべて主人公の男性の語る回顧録として構成されている。

主人公は、かつては軍人だったが、同僚とのトラブルで軍を辞め、今は質屋を営んでいる中年男性である。彼は、自分を受け入れようとしない社会に心を閉ざし、ただ黙々と、持ち込まれる質草を値踏むだけの毎日を送る孤独な人間だ。彼は、世の中の人々は自分を拒否し、侮辱的な沈黙でわたしを追い出したのだから、自分自身も世の中を拒否し、お金をためてどこかの領地を買い取ってひっそりと暮らす日を夢見ている。

ある日、若い女性が店を訪れる。彼女は数年前に両親を失った孤独な身の上で、今は強欲な親戚とともに暮らし、身売り同然の結婚を迫られている。

彼女は生活に困窮しており、何度もこの店を訪れるが、いつしか男と娘は会話を交わすようになる。ドストエフスキーがこの男女の会話を通じて、男性の傲慢さと、女性の複雑な心理を見事に描き出しているのは感嘆のほかないが、男性は明らかに冒頭から女性に好意をもっていながら、つねに彼女を精神的に支配する側に立とうとする（質屋という職業設定が見事な効果をあげている）。そして彼女は、最初は冷淡に見えた男性が、実は深い教養をもち、自分に純情とも思える好意を寄せていることに気づいていく。

男は彼女の身辺を調べ、唐突に結婚を申し込み、彼女もためらったあとにこの求婚を受け入れる。だが、結婚生活は、愛情を注ごうとする女性と、それを欲していながらも、つねに彼女を精神的に支配しようとする男性とのすれ違いが続く。

まず、彼女は男性に対し、自分自身の幼年時代や少女時代、そして父母の思い出など、若い娘が大切に育んできたことを残らず語りかける。しかし男は、「わたしはこうした陶酔にその場でいきなり冷水を浴びせかけてやった」[*1]。男は彼女を理解するのではなく、自分自身の「システム」にはめこもうとして、次のようなほとんど絶対の束縛を求める。「彼女を自分の家に入れるに当たって、わたしは欠けるところのない尊敬を望んだ。彼女がわたしのこれまでの苦悩に対して、敬虔な祈りを捧げるような態度でわたしの前に立つことを望んだのである」[*2]。

質屋としての商売の厳しさ、倹約と貯金の義務、さらには若者の純粋さへの軽蔑など、男は次々と自分なりの「システム」を受け入れるよう彼女に求めていく。先述したようにこの小説は、主人公である男性の一人語りで進行していくのだが、自分自身の正しさを微塵も疑わない男性が、妻に対し不満や疑惑を抱くたびに、読者は、どう読んでも、必死で閉ざされた主人公の心を開こうと努力し、時には怒りをあらわにしつつも愛しつづける女性の思いを、主人公がまったく理解していないことに気づかされる。

いくつかの事件を経て、夫婦関係はついに破綻し、二人はともに暮らしつつ、ひたすら孤独な季節を過ごす。いつしか男は、妻がまったく自分から離れてしまったことに気づき、衝動に駆られてその足に接吻し、質屋もやめる、ともにこの家を引き払ってブーローニュ（フランス北部の保養地）に移り住もう、自分のことを愛してくれなくてもいい、ただ、わたしに彼女を崇拝させてくれ、とかきくどく。しかし、最後には彼女は聖像を抱いたまま、家の窓から身を投げてしまう。

ドストエフスキーがこの作品の随所で見せている見事な心理描写や、心憎い細部の抑え（最後にこの女性が自殺するとき抱いていた聖像は、お金に困って質屋にもっていき、男からていねいに断られたものなのだ）などを別にして、あえて『作家の日記』全体の構成の中におけば、この小説は、ドストエフスキーがこだわりつづける、近代化と資本主義の中で起きる人間疎外、そして知識人と民衆の関係を寓話的に描いたものとして読むことができる。

主人公が質屋として質草を評価するときには、いかなるものであれ、経済的な価値基準でのみ計られるのは当然だ。しかし主人公は、「実はわたしはこれまでずっとこの質屋という商売を誰よりもいちばん憎んでいた」「わたしは実は『社会なるものに復讐していた』のである」[*3]と語っている。主人公は、すべてが経済的合理性で判断される社会を拒絶していながら、彼自身がその価値観に完全に支配されている。主人公は求婚の際、ためらう彼女に対し、「自分と、今結婚を押し付けられている男性とを比べているのだ」としか考えない。彼女を愛することを通じて、ふたたび社会とのきずなも人間性も取り戻すことを男は本当は望んでいるのだが、彼自身がそれに気がつかないのだ。

結婚後も、ひたすら自分の価値観に彼女を従わせようとし、それが叶わなければ、彼女を失う恐怖から、今度はひたすら彼女を崇拝するばかりの態度をとり、真の意味で彼女の精神や価値観と向き合おうとはしないのだ。最初から最後まで、男が一切、聖像にも、また信仰にも関心を示さないことも特徴的で、自殺するときに聖像を抱いて飛び降りた彼女が、最後まで守ろうとした価値観を、ついに男は理解せずに終わっている。

近代社会、資本主義の価値観に完全に支配された主人公＝近代的知識人は、この女性＝民衆を支配し、思うがままに操ろうとし、その次には、理解せずにただ崇拝することに終始し、ついにその本質に近づくことができない。妻の亡骸を前にして、男はさまざまな思いを巡らすが、最後に彼が見出した結論は、妻を失った今、自分はもはや永久に孤独と疎外から逃れることはできないのだという意識を再確認しただけである。

「おお、自然！　この地上で人間はあくまでも孤独だ――厄介なのはこのことだ！　『この世に生きている人間がいるだろうか？』と古代ロシヤの勇士は叫ぶ。勇士ではないが、このわたしも同じことを叫ぶ。しかし誰もそれに答えてくれるものはいない。太陽は森羅万象に生気を与えると言われている。太陽が昇ったら――その太陽を見てみるがいい、これもやはり死体ではないだろうか？　なにもかもが死んでいる、どこを見ても死体だらけだ。生きているのは人間だけで、そのまわりは沈黙の世界――これがこの世というものだ！　『人々よ、互いに愛し合うがいい』――いったい誰がこんなことを言ったのだ？　誰のこれは遺訓なのだ？」*4

ドストエフスキーは、近代社会と資本主義の行き着く先をこのような世界だと考えた。そこでは人間は合理主義のもと自然との一体感を失い、伝統も信仰も失うことによって、人間同士の連帯も喪失、ともに愛し合うこともできない疎外感のみが残る。そこでは、「死」以外に人間にとって確実なものは存在せず、世界は荒涼たるものとなる。自殺を選んだ女性が拒否したのはこのような世界であったのだ。

「自分は不死であるという信念がなかったならば、人間と大地との結びつきは断絶に近づき、しだいに細く、しだいに朽ちやすくなり、また人生の最高の意義を喪失することは（たとえそれがまったく無意識的な憂愁という形で感じられるにすぎないとしても）疑いもなく自殺を招くという結果になる[*5]」

この自殺する女性は、前章末尾で紹介した実際に起きた自殺事件をモデルにしていることはいうまでもない。ドストエフスキーの中で、聖像を手に窓から飛び降りた少女は、この短編小説に描かれることによって、近代的社会の閉塞を拒絶した美しい魂の記録として、歴史にその姿をとどめることになった。

「おかしな男の夢」から「ヴラース」の巡礼へ

「おかしな男の夢——幻想的な物語」は、これまでドストエフスキーが語ってきた自殺論、そして民衆論の一つの頂点を示すものだ。この物語の主人公も、やはり社会を拒否し、社会からも拒絶された人間である。この作品も一人称で語られ、主人公はまずこう語る。

「この世界が存在しようとしまいと、あるいは、どこにもなにもないにしても、おれにとってはどっちみち同じことだと、おれは不意に感じ取ったのだ。おれの身についているものはなにひとつなかったのだと、おれは自分の全存在をもって感じ、知覚するようになったのである」「しだいしだいにおれは、これからだって絶対になにもありやしないのだと確信するようになった。するとおれは急に人に腹を立てることがなくなり、ほとんど人の存在が気にならなくなった[*6]」

こうして、徹底的に冷徹な視線を身につけた主人公は、他者がさまざまな問題について熱っぽく議論しているのを見聞きしても、所詮それはお互いのプライドを満足させるためだけであって、議論している当事者にとっても、本当は結論がどうであれどうでもいいことにすぎないと見抜く（これはロシア知識人の政治や文学についての議論へのドストエフスキーの嘲笑でもあろう）。世界が自分にとって何ら意味のないものであることを悟った主人公は、帰宅の道すがら、今夜こそ自殺しようと決意する。

そのとき、一人の哀れな少女が、おそらく母親が病気なのだろう、助けを求めてすがってきた。男はその場では、巡査を探せ、というだけで少女を振り払ってしまったが、いざ部屋に戻ると、そのことが頭を離れなくなる。

何度も主人公は「おれは無に、完全な無になってしまう」のだから、「血も涙もないような卑劣なことをやってのけたところで、いまのおれにはいっこう差し支えない」し、「この世界もいまではおれひとりのために創られたと言ってもいいくらいである。おれが頭にピストルの弾丸をぶちこんだら、この世界もなくなってしまう、すくなくともおれにとってはそのとおりだからだ」[*7]と自分にいいきかせる。これはドストエフスキーがつねに繰り返す自殺者の論理で、信仰も伝統的価値観も失った近代人の意識を象徴する。まさに、自分が死ぬことですべてが無に帰するのならば、自殺という行為は、少なくとも主観的には世界を崩壊させることなのだ。

しかし、この主人公自身が、この論理を実は受け入れてはいない。それは自分が仮に無に帰したとしても、あの出会った少女のような悲劇がこの世界には厳然と存在しつづけること、それに対し自らが手を差しのべなかったことを、死を決意した現在ですら後悔していること、それ自体が、個人の死によって世界が無に帰することなどありえないことを証明しているからである。

主人公はいつしか、まるでSF小説のような想像にかられていく。

「もしもおれが以前に月なり、あるいは火星なりに住んでいて、そこで想像しうる限りの恥知らずでこの上なく不名誉なある行為をやってのけ、そのためにどうかした拍子に夢、それも悪夢の中でしか知覚できないような非難を受けて名誉を傷つけられたとして、さてそのあとでこの地球にやってきて、しかも依然として別の惑星で自分がやってのけたことについての意識を持ちつづけ、またそればかりではなく、もはやどんなことがあっても二度とそこへ帰ることはないのだということを承知していたとすれば、地球から月をながめて——おれにとってはそんなことはどうでもいいとうそぶいていられるものかどうか？[8]」

　これは月や火星を持ち出してはいるが、死後の霊魂の存在についてのドストエフスキーの、やや諧謔的な比喩である。主人公を徹底したニヒリストとしてまず設定したからには、ここで死後の世界の存在などを考えさせるわけにはいかない。しかしこの設定が、この作品に不思議な現代性を与えている。そして、主人公はいつの間にか眠りに落ちてしまい、自分がピストル自殺をする夢を見る。しかし、死んだはずの自分は、いつの間にか、もう一つの別の星へと連れていかれる。

　そこは自分が自殺した地球とほとんど変わらない星であり、同じく人間たちが住んでいた。しかしそこは「まだ原罪に汚されていない」星だった。人々は、地球でならば、その幼少期のほんのわずかな時期にだけあるような、美しく純粋な意識に包まれ、嘘も、憎しみも、怒りすらも知らない世界に生きていた。彼らは科学には関心をもたなかったが、樹々や動物たちに深い愛情を注ぎ、自然と調和した平和な暮らしを営んでいた。情欲も、嫉妬もなく、子供が生まれればそれは皆の子供として育てられた。そして、「彼らは本能的に永遠の生命なるものを深く信じている」ので、死ですらも祝福されていた。

しかし、このユートピアのような世界においても、主人公は、かつて住んだ地球を懐かしむようになる。主人公はこの世界の美しさに心からの感銘を受けつつも、このように語らざるをえないのだ。

「あの地球にいたころは、自分は沈み行く太陽を涙なしにはながめられないことがたびたびあった……あの地球の人々に対する自分の憎悪の中にはつねにやるせなさが含まれていた、それにしても彼らを愛さずには、どうして彼らを憎むことができないのだろう、なぜ彼らを赦(ゆる)さずにはいられないで、彼らに対する自分の愛にはやるせなさがこもっているのか、彼らを憎まずには、なぜ彼らを愛することができないのであろう？*9」

ここで、主人公は単に地球を懐かしんでいるだけではない。他者への無関心を決意した自分がいかに虚しい生を生きていたかを今再認識しているのだ。同時に、憎しみが欠落した社会では実は愛も存在しえないこと、罪悪のない社会には逆に赦すという気高い行為も成り立たないこと、憎しみも罪も嫉妬もないユートピアとは、実は人間が生きていくことができない社会であることを、主人公は悟りはじめたのである。

そして、主人公が、ささやかな「嘘」という行為を持ち込んだだけで、あまりにもはかなくこのユートピアは崩壊してしまう。たちまち彼らは嘘をつくことを覚え、情欲、嫉妬、そして残酷さが人々に広がっていった。

「彼らは恥ずかしいという感情を知るようになり、羞恥心は美徳に祭り上げられた。名誉という観念が生まれ、それぞれの同盟にそれぞれの旗印が掲げられた」「分裂のための、孤立のための、個性を重んじるための、おれのだ、お前のだ、というための闘争がはじまった。彼らはそれぞれちがった言語を話すようになった。彼らは悲哀を知り、悲哀を愛するようになった。彼らは苦悩を渇望し、真理は苦悩によってのみ得られるものであると公言した。そのとき彼らのあいだに科学が出現した。彼らが邪悪になったとき、彼らは同胞愛とか人道とかを口にしはじめ、そうした観念を理解するようになった。彼らが罪をおかすようになってから、正義なるものが考え出され、それをまもるために、さまざまな法典が制定されるようになった[*10]」

この「堕落」を、ドストエフスキーは決して批判しているのではない。人類が文化や文明をつくり出し、自然状態から脱することを選ぶとき、このような精神的変化は必然なのだ。「原罪」とは、ある意味自然的秩序から人間が己の意志で旅立つことである。しかし同時に、この星の住民は、もう一度罪を知らない幸福な時代に帰りたいという願いをこめて、宗教をつくり出した。しかし同時に、科学こそが真理であり、人間に英知を与えるという意識からもはや引き返すことはできない。そして、各自が何よりもまず自分自身のことのみに熱中するようになり、他人の人格を傷つけ、奴隷制度が生まれ、中には進んで奴隷になるものも生まれた。弱者は自発的に強者の風下につき、さらに弱いものを圧迫した。そして、ついに世界に戦争が生まれる。戦争は、実は少しでもこの世の中をよくしようと思った人たちによって担われたのだった。

「なんとかしてすべての人々をふたたび結び合わせ、それぞれの人間が誰よりも自分自身を愛することには変わりがないが、それでいながら互いに相手の邪魔をすることなく、(中略)いわば調和の取れた社会で暮らせるようにすることはできないものだろうかと、そんなことを考えはじめた人たちも出てくるようになった。この理念がもとになってたびたび大戦争が行なわれた」

「戦いをまじえている人たちは誰でもみな、科学と、英知と自衛の感情が、結局は、人間を調和の取れた、道理にかなった社会に融合させてくれるに相違ないと、固く信じていたのである。そんなわけで、さしあたってこの事業を促進させるために、『英知ある人々』は、その理念の勝利の妨害とならないように『英知に恵まれていない』自分たちの理念を理解しない人たちを、一刻も早くひとり残らず根絶してしまおうと努めた」[*11]

戦争は、決して悪意や征服欲だけから生まれるのではない。むしろ「調和」を求めるためにこそ生まれる。とくにある意味、近代社会における戦争こそ、その傾向が強くなるとドストエフスキーは考えた。神を失い、伝統的価値観を失い、ばらばらの個人の集合体となった近代社会を、「科学的」に「調和の取れた、道理にかなった社会」に統合しようとする意志こそが、逆に戦争や革命、時には収容所国家や「反動勢力」「平和の敵」とみなした人々を虐殺する体制を生み出してしまう。

これを避けるためには方法はただ一つ、「自分を愛することが最も大切である」という、近代的な「個」の理念を超越することのほかにはない。そして、自然状態、原罪なきユートピアは、人間には「悪をなす自由」も「罪を犯す自由」も存在するのだという、自由の原則に反しているからこそ成立しえないし、単に「嘘」というささやかな罪を受け入れた瞬間に崩壊してしまうのだ。人間には、善をなす意志も自由も存在するのと同じだけ「悪への自由」をもつことを認めなければならない、だからこそ、人間は正義や愛を見出すことができるのだという、人間性の本質から目を背けてはならないのだ。

そして、主人公はこの夢から覚め、自分はこの地球に生きていることを再確認する。そして、これからは「伝道生活」に入ることを決意するのだ。彼はついに真理を見出したのだ。それはあの一目見たユートピアを、この罪深い世界でも、いや、この「罪をなす自由」のある世界においてこそよみがえらせることができるという確信である。そのための方法はただ一つなのだ。

「人はみな同じひとつの目標に向かって進んでいるのではないのか。すくなくとも、上は賢者から下は人間の屑のような強盗にいたるまで、みんな同じひとつの目標をめざして突き進んでいるのではないのか。ただ進む道がちがうだけのことなのだ[12]」

「おれはこの目で見たので知っているのだが、人間はこの地上で暮らす適性を失わなくても、美しく幸福なものになることができるのだ。悪が人間の正常な状態であるなんておれはいやだ、おれはそんなことを信じるわけにはいかない[13]」

「なによりも肝心なのは――自分を愛するように他人をも愛せよということで、これがいちばん大切なことなのだ。これがすべてであって、これ以外にはまったくなにもいりやしない[14]」

かつては何一つ信じる者のない、自分の死とともに世界が消滅することを確信する、近代的知識人の極限の姿を呈していた主人公は今、人間が目指すべき真理とは「自分を愛するように他人をも愛せよ」という単純な言葉であると信ずるに至った。これは前近代社会における道徳としては普遍的なものであり、たとえば西郷隆盛もほとんど同様の言葉を残している。

「己れを愛するは善からぬことの第一也。修業の出來ぬも、事の成らぬも、過ちを改むることの出來ぬも、功に伐(ほこ)り驕慢(けうまん)の生ずるも、皆な自ら愛するが爲なれば、決して己れを愛せぬもの也」*15。

ただし、このような精神を近代人が抱くのは恐ろしく困難なことなのだ。近代とは、あえていえば、個の確立を至上の価値とする理念である。ドストエフスキーが「霊魂の不滅」や「百歳の老婆」「民衆の信ずるものを信ずる」といったさまざまな言葉で語っていることの根本にあるのは、近代人のあまりにも巨大化した自我の解体にほかならない。この主人公がたどり着いた境地とは、近代社会の中で前近代の道徳的価値観を復活させることで、近代そのものを乗り越えてゆく道なのだ。

ドストエフスキーは、近代的知識人が蒙昧として否定してきた前近代の民衆の意識の中にこそ、「自分を愛するように他人を愛する」精神が存在すると信じていた。そして、民衆はつねに、いかなる蒙昧で粗暴なふるまいをしようとも、根源においてそのような世界を夢見ているのであり、そこには近代的知性や合理主義には考えも及ばないような、真の意味での共同体の理想が幻視されているのだと確信していた。この主人公がたどり着いた境地もまた、ドストエフスキーのそれとほとんど同じ確信である。

そして、ここでの「伝道」という言葉には、ドストエフスキーが、ネクラーソフの詩の中でもっとも高く評価していた「ヴラース」に詠われた巡礼の姿が重なっているように思える。この詩は、ネクラーソフが一八五四年に発表した詩であり、モデルは、兵隊に送られ、除隊して帰国したときには家人がすべて死に絶えていたため、世をはかなんで巡礼に出た農奴だと、翻訳者の小沼文彦は指摘している。しかし、モデルがどうであれ、この詩での「ヴラース」は、まさにドストエフスキーの共感を呼ぶような人物として想定されている。

「襟をはだけた百姓外套
頭はそのまま剝き出しに
町をゆっくり歩いてく
ヴラースおじさん――白髪の老人
胸には銅の聖像をさげ
聖堂建立の喜捨あつめ」[*16]

しかし、このヴラースも実はかつてはこのような「神なき」人物だったのだ。

「……打つ蹴るなぐるのあげくの果てに
自分の女房を墓場へ送り
強盗稼ぎが本業の
馬泥棒もかくまった」[*17]

しかし、ヴラースは病に倒れ、悪夢の中で、この世の終わりと地獄の亡者のありさまを見て恐れおののく。そして、乞食となって聖堂建立のための喜捨集めの旅に出るのだ。

「ヴラースはその財産を分け与え
自分ははだしと裸の姿になって
神の聖堂建立の
喜捨を集めに旅立った
さすらいつづけてその日から
早くもやがて三十年
施しものを糧(かて)として
あくまで守るその誓い[18]」

「聖像と聖書を手にささげ
たえず祈りを口ずさむ
かそけく鳴るはその肌に

おもりにつけた鉄のかせ[19]」

この詩を絶賛しながら引用したのちに、ドストエフスキーは一つの実話をあげている。

自分がいかに大胆なことができるかを自慢していたある農夫が、一人の男に、それなら聖餐（せいさん）を受けたパンを竿の上に載せて、それを鉄砲で撃ってみろ、とそそのかされた。男はその通りにパンを載せて狙いを定めたが、そのとき、眼と眼のあいだにまざまざと十字架が現れ、気を失って倒れてしまった。

ドストエフスキーがこの実話を例に強調しているのは、ロシア人の内面にある、衝動的な「限度を越えようとする欲求であり、深淵の際まで行って、その深淵の上に半身を乗り出し」、時にはその底まで身を投じてしまう性格である。「恋愛であろうと、酒であろうと、放蕩であろうと、自尊心であろうと、羨望であろうと（中略）ある種のロシヤ人はほとんど利害打算を超越してそれにすっかり身をゆだね、ありとあらゆるものと絶縁し、家庭も、習慣も、神も、すべてのものを放棄しかねない[20]」のだ。そして、それは同時に、いかなる計算や打算を捨てても、聖なるものを求め、もっとも汚れた行為をうぬぼれから行おうとするときですら、その瞬間に神の姿や真理を見出せば、直ちに罪を悔い、聖者のように巡礼の旅に出ようとする激烈な意志をも意味する。

ドストエフスキーは、ロシアの民衆を単に美化するのでもなく、彼らを「百歳の老婆」のような静謐な存在としてのみとらえもしなかった。ロシアの知識人のみならず、民衆もまた、すべてを破壊し放棄する危険な情念を秘めていること、「この上なく善良な人間もなにかふとした風の吹きまわしで実に嫌悪すべきごろつきや犯罪者にもなりかねない」[*21]ことを熟知していた。

一八六一年二月一九日の農奴解放以後、ロシアにおいては、近代的価値観をあまりにも急激に受け入れ、伝統的価値観を否定することによる混乱と道徳的堕落、時には自殺に至る精神的危機が起きてしまったことを、ドストエフスキーは幾多の例をあげて説明した。しかし同時に、この危機を乗り越えて「ヴラース」のように、すべての近代的価値観を超越して、激烈な行動に乗り出す大きな意識の変革が起きていることも確信していたのである。

「現代のヴラースは急激に変化しつつある。二月十九日をきっかけとして、下層の、農民のあいだにも、われわれ上層部と同様に、上を下への騒動がはじまっている。昔話の英雄豪傑は目をさまして手足をのばして起き上がろうとしている」[*22]

「いざとなればあらゆる虚偽は、（中略）民衆の心からたちまち消し飛びそれを摘発する信じられないほど強い力をもってその前に立ちふさがるにちがいないのだ。ヴラースは本心に立ち返って神のみわざに取り組むことになるだろう。（中略）自分も救い、またわれわれをも救ってくれることだろう。なぜならば、くどいようであるが――光と救いは（おそらく、わが国の自由主義者どもにとってはまったく思いもよらない形で、またその際いろいろと滑稽なことが起こるであろうが）下のほうから輝き出すものだからである[*23]」

ドストエフスキーは露土戦争における義勇軍の誕生と、この戦争を〝聖戦〟とみなして熱狂的に支持したロシア民衆の情熱を、「自由主義者にとっては思いもよらぬ滑稽な形」でロシアの民衆が覚醒したものだとみなしたのだった。わたしたちはようやく、ドストエフスキーが露土戦争の中に何を見出し、なぜあれほどまでに戦争を支持したのかを考えるための入り口にまでたどり着いたようである。

第六章　ドストエフスキーの戦争論

巡礼としての戦争——近代批判としての戦争

本書第一章で触れたように、一八七五年から七六年にかけて起きた、オスマン帝国支配に抵抗するボスニア＝ヘルツェゴビナ、ブルガリア、セルビア等々での独立運動の発生と、それに対するトルコ軍の弾圧、さらには一八七八年のロシア帝国の対トルコ参戦により始まった露土戦争に対し、ドストエフスキーは、参戦以前のロシア人義勇兵の出現、さらにロシア民衆の、この戦争を〝聖戦〟として支持する国民運動を、『作家の日記』で全面的に支持した。

もちろん、当時のスラブ主義者たちの言説も同様であり、「同胞のスラブ民族をトルコの虐殺から守れ」というアジテーションは大きな世論を巻き起こしていた。しかし、たとえばその代表の一人であるイワン・アクサーコフのような汎スラブ主義イデオローグ（世界のすべてのスラブ民族はロシアを中心とした連合体をなすべきだという主張）とドストエフスキーでは、表層の戦争支持の言説は同じでも、根本的に相容れないものがあった。

まずそれは、ロシアの現状に対する認識の差異である。アクサーコフは、ロシア民衆の戦争への熱狂的支持がなぜ起きたのかを、次のように分析した。

一八六一年の農奴解放と、その後の政府主導の上からの改革により、ロシアの民衆のあいだに教育が普及し、外の世界にも大きく目が開かれた。高野によれば、民衆意識の中で「正教世界の境界が広がり、兄弟愛の新しい地平線が広がり始めた」[*1]。ロシアの民衆は、ついにすべてのスラブ民族の指導者としてのロシアの歴史的使命に目覚めたのだ。そして、アクサーコフはロシア政府の戦争を全面的に支持し、「長い歴史と確固たる組織を持った強力なわが政府が、自分の力強い手のなかへスラヴ人たちを抱きあげ、庇護するような時[*2]」を、われわれは待ちのぞんでいるのだ、と訴えた。

ここに引用したアクサーコフの言葉は、まさにロシア政府が宣戦を布告する直前の演説である。アクサーコフは義勇軍への支援や募金活動も熱心に行ったが、あくまで、ロシア帝国が正式に対トルコ宣戦布告を行い、正規軍が出動することを運動の目的としていた。このような〝聖戦〟論が、ロシア帝国の南下政策、とくに不凍港を獲得したいという領土的野望を正当化することに利用されたことはいうまでもあるまい。

ドストエフスキーの〝聖戦〟論は、表層の言説では確かにアクサーコフのそれと共通するところは多かったかもしれない。しかし、彼はアクサーコフと違い、民衆が政府の近代的改革や農奴解放によって目が開かれたとはまったく考えなかった。そして、汎スラブ主義というイデオロギーとも無縁だと確信していた。ドストエフスキーははっきりと、ロシア民衆はバルカン半島のスラブ民族のことなど何も知らないし、スラブ主義のために戦いに行くのでもない、と断言している。（また、ドストエフスキーは別の箇所では、汎スラブ主義に西欧諸国が政治的に脅威を感じるのは当然であり、また、われわれもそれを無視して行動するのも国家として当然のことで、そこには民族間の利益や立場の対立があるだけだと簡単に片づけ、さしたる思想的意味を認めていない。)

「最も重要な本質は、民衆の理解するところにしたがえば、疑いもなく(中略)東方のキリスト教、つまり正教の運命の中にのみあるからである。わが国の民衆はセルビヤ人も知らなければ、ブルガリヤ人も知ってはいない。民衆が、なけなしの小銭(こぜに)をはたいたり義勇兵となって援助の手を差しのべているのは、スラヴ人のためでもなければ、またスラヴィズムのためでもない。彼らはただ、正教のキリスト教徒、つまりわれわれの兄弟が、キリストを信じているということのためにトルコ人から、『神を信じないサラセン人』から迫害されているということを噂で聞き知っただけなのである。本年の国民的な運動が表面に現われたのは、実にそのためであり、ただそれだけの理由によるものなのであった[*3]」

ドストエフスキーはここで、民衆がこの戦争を支持しているのは、単に「キリスト教徒を守る」という一点なのだといいきっている。続いて、ドストエフスキーは「ロシヤが強力なのはその国民とその精神によるもの[*4]」であり、その精神とは「全ロシヤはキリストに奉仕し、不信のやからから全世界の正教全体をまもるというそのことだけのために、生きつづけている[*5]」と述べているが、このあまりにも宗教的な言辞に辟易する必要はない。ドストエフスキーは、民衆はこの戦争を、ロシア帝国の国益とも、バルカン半島の複雑な民族問題とも、またスラブ主義をはじめとするいかなる聖戦イデオロギーとも関係なく、ただ、民衆の根源にある正教信仰に基づいて支持し、その根源には、近代化によって崩されつつある自分たちの信仰や文化伝統、共同体を復活させたいという意志があると述べているのだ。

ドストエフスキーにとって重要なのは、民衆が、過酷で、かつ政治的には帝国主義時代の領土覇権争いにほかならないこの戦争の中に、どのような聖なる幻想を夢見ていたかという一点だった。ドストエフスキーの次のような言葉を読むとき、ここに描かれているものは、前章最後で触れた「ヴラース」の、自らの罪を償うための巡礼の旅路とほとんど同じ精神構造である。

「突如としてこのロシヤの全国民がことごとく目をさまして、立ち上がり、つつましい調子ながらも断固として、全国民の声であるそのすばらしい言葉を口に出したのである……。いやそればかりではない、ロシヤ人は手に手に長い杖をつかんで、(中略) 見も知らぬ自分たちの同胞を支援するために、新しい十字軍とも言うべき行動を起こして (中略) ぞくぞくとセルビヤへ向かって旅立って行く。自分たちの同胞がそこで苦しめられ迫害を受けていると聞いたからである」

「一家の父親である老兵士までが、これを聞いて暢気に暮らしていられるかとばかり、急に武装に身を固めて、同胞のためにトルコ人と戦うのだと、徒歩で、道をたずねたずね、数千キロの道を遠しとせずに出かけて行く。しかも九歳になる娘を連れての旅なのだ」

「『キリスト教徒の中にはわしが歩いているあいだ、大切に娘の面倒を見てくれる人がきっといるだろうよ』と彼は人々の質問に対して答えるのだった。『だからわしは安心して出かけて行く、そして神様のお仕事に奉仕するのだ』こうして彼は歩みつづけるのである……」[*6]

ドストエフスキーは、このような義勇兵の姿を「物質的欲求に頭を下げ」ることなく「神の御業のために働くことを求め」そのためには家族も生命も犠牲にする覚悟の人々であるとたたえた。現実の義勇兵はそんな存在ではない、という批判は意味がない。個々の義勇兵が、単なる冒険心にはやる若者や、無知で単純な農民、また場合によっては社会の落伍者であったとしても、ドストエフスキーは、彼らを行動に駆り立てたのは、個人的な利益でも名誉でもなく、今ロシアを支配しつつある合理主義や資本主義の価値基準の外部に、聖なるものを見出したいという信念にほかならないと確信しているのだ。彼は、『作家の日記』で目指しているのは、わが国民の精神的自主独立の理念を、現実の出来事の中にどう見出すかというテーマだと述べているが、その典型的な例を露土戦争における民衆の熱狂と行動に見出したからこそ、『作家の日記』全編にわたって彼はこの戦争を論じつづけた。

ドストエフスキーによれば、民衆はこの戦争に対し「一種の感激にみちあふれた全国民的な悔い改めの感情、キリストの十字架をこの上なく愛する人々のために、なにか神聖な、キリストの大事業に参加したいという渇望」[*7]を示したのだった。ここでドストエフスキーが「悔い改め」という言葉を使っていることは重要である。農奴解放以後の資本主義導入が、人間精神をひたすら疎外に追い込んでいることへの拒否感、近代化によって自分たちから失われつつあるものを復活させようとしている意志、共同体との一体感、信仰と伝統への回帰、これらの思いが混然一体となっている民衆の精神状態を示しているのだ。

ロシア帝国の対トルコ宣戦布告を、民衆がどう受けとめたかを、ドストエフスキーは高揚感のうちに記している。

「民衆は、新しい、生まれ変わらせてくれる偉大な一歩を踏み出す覚悟が、自分たちにはできていると信じている。これは民衆が自分から進んで、皇帝を頭にいただいて戦争に立ち上がったのである。皇帝の御言葉が響きわたったとき、民衆はどっとばかりに教会へ押し寄せた。しかもそれがロシヤ全土を通じてのことなのであった。皇帝の詔勅が読み上げられると、民衆は十字を切って、みんなが戦争がはじまったことを祝い合った。われわれはこの耳でそれを聞き、この目でそれを見た[*8]」

このような戦争への熱狂は、いかなる国家においても戦時にはしばしば生じた現象であり、多少の誇張があるにせよ決してドストエフスキーは極論を述べているのではない。明治における日清・日露戦争から大東亜戦争に至るまで、わが国においても事実存在したものである。現代のわれわれがしばしば陥る誤りは、戦争の時代を「暗く悲惨な時代」とのみ思い込むことである。もちろん、第一次世界大戦以後の総力戦と、核兵器出現後の大量破壊の時代を経た現代と、ドストエフスキーの時代の戦争を同列に語れるものではない。だが、戦争の時代には、社会のある種の高揚感、解放感が見られ、あえていえば「明るい時代」が訪れることが歴史上しばしば見られる。

それは単に政府の宣伝やイデオローグの扇動のせいばかりではない。露土戦争のように、政府の宣戦布告以前に民衆義勇軍が戦場に向かっているほどの世論の高まりの中で、皇帝の宣戦布告が民衆に熱狂的に歓迎されたのはむしろ自然なことである。そして、ロシア皇帝は、民衆にとって、正教信仰と一体化した、自分たちの苦しみも喜びも理解してくれる幻想的な存在であり、貴族や知識階層、また現実の政府に不信感をもつ民衆も、皇帝自らの宣戦布告には感動に打ち震えたのである。そして、ドストエフスキーは、この戦争は、民衆自身を浄化するのだと言葉を続ける。

「この戦争はわれわれ自身にとっても必要なものなのだ。われわれが立ち上がるのは、単にトルコ人に苦しめられている『スラヴの同胞』のためばかりではなく、われわれ自身の救済のためでもあるからである。戦争はわれわれが呼吸している、またどうにもならない腐敗堕落と精神的に狭隘な空間になんらなすところなく腰を落ち着けて、息がつまるような思いをしていた空気をさわやかにしてくれる[*9]」

ドストエフスキーは、戦争を美化するなどとんでもない、お前の思想は軍国主義そのものだという反論や、民衆の熱狂は時代遅れの愚かしい民族主義や皇帝崇拝の幻想にすぎないという批判が知識人から来ることは覚悟の上だった。むしろ、彼はそのような批判を、自らいくつも先んじて書きつけている。ドストエフスキーが予想した反論はおおむね次のようにまとめられる。

○民衆が正義を行いたいのなら、何もバルカン半島まで出かけていく必要などない。まず、飲酒を控え、妻への暴力もやめ、勤勉に働いたほうがよっぽど神のみ心にかなうだろう。

○もし自分たちの内面に腐敗や、精神的な疎外感があるのなら、むしろ平和のうちに勉強をして近代的な考えを身につけ、礼儀を学び、地域の産業を興すような前向きで現実的な仕事をしたほうがいい。

○お前たちが家を捨てて義勇兵に赴いたところで、あとに残された家族が困るだけではないか。

要するに、民衆の戦争への熱狂などは、彼らの真の解放にも救済にもまったくつながらないのだ。

ドストエフスキーからすれば、このような発想は「いかなる平和であれ、戦争よりはよい。もし民衆に何か問題があるのならば、それは平和の裡に、近代化と社会の進歩を通じて解決すべきなのだ」という言葉に要約しうるものだった。これに対しドストエフスキーは「平和は戦争より正しくよいものだ」という前提そのものを徹底的に否定する論を展開する。

偽善的な平和と正義の戦争

『作家の日記』一八七六年四月号に「逆説家」と題し、ドストエフスキーと「逆説家」が語り合う形式で「戦争論」が語られているが、まず確実にこの「逆説家」もドストエフスキー自身にちがいない。対話という形によって論題を明確に読者に浮かび上がらせることを狙ったのと、戦争は平和より優れているなどといえば、どんな時代でも騒々しい非難が寄せられることは容易に予想されるために、このような形式を取っただけであろう。

ここで「逆説家」は、内戦は確かに国家を疲弊させ、長期化して国民を野獣化させてしまうものだが、対外戦争は多くの場合国民に精神的利益をもたらし、だからこそ戦争は不可欠なものなのだと挑発的にいい放つ。ドストエフスキーは、ここで平和主義者になり切って反論し、それを「逆説家」がことごとく極論で切り返す、という会話となる。

まず「人間が人間を殺しに行くことのどこが不可欠なことなのか」という批判に対し、「逆説家」は、戦場とは殺し合いの場であるという考え自体が間違っている。戦場とは、少なくとも民衆にとって「自分の生命を犠牲にする」崇高な場所として認識されている。だからこそ、民衆は自ら義勇軍としてはせ参じているのだ。「自分の同胞と自分の祖国を守るために、あるいは一歩を譲って単に自分の祖国の利益を守るためにでも、自分の生命を犠牲にするという考え方ほど、崇高な考え方はあるものではない[*10]」

ドストエフスキーはここで、あまりにも時代遅れの、国家幻想にとりつかれた論を展開しているように見える。しかし、戦争が精神的利益をもたらすという挑発的な言説の本質は、近代社会以後の「平和」が、戦時下以上の人間抑圧と精神的堕落をもたらしかねないというドストエフスキーの危機意識だった。

「長い平和は人間を残忍にすると、はっきり言ってもいいくらいさ。平和が長くつづくと社会の秤(はかり)の重みはつねに、人類が持っているありとあらゆる悪いもの俗悪なもののほうへと移ってくる、――要するに富と資本のほうへ傾くというわけだ[*11]」

「現在の平和はいつどこへ行っても戦争よりは劣っている。しまいにはそんなものを維持するのはむしろ不道徳だということになりかねないほど、それほどまでに劣っている。(中略)富と、享楽のあくどさは怠惰を生み、怠惰は奴隷を生む。奴隷を奴隷の状態にとどめておくためには、彼らから自由意志と啓発される可能性を奪う必要がある」[*12]

ドストエフスキーが、戦争より劣っているとみなすのは「現代の平和」のことである。もっと限定していえば、農奴解放以後の改革の時代であり、ドストエフスキーは眼前で起きていることを、信仰をはじめとする超越的価値観や精神の気高さよりも、富と経済的利益こそが価値とされ、さらには富の格差による経済的奴隷制度が定着していく状況とみなした。

さらに、このような「平和」のもとでは、科学や芸術面においても功利主義や名声欲がはびこり「大向こうの喝采をねらうスタンド・プレイや、小手先の器用さだけを誇」り、「情欲を誇示したもの」[*13]に堕していくとまで批判している。

もちろん、これが悪意や極論に満ちたものであることはドストエフスキー自身承知の上だった。しかし、ドストエフスキーは、平和が何よりも尊いという論調が、逆に、平和の中で進むさまざまな問題を無視してしまうこと、平和のもと資本主義が進行することでロシアに生じつつあるさまざまな不正や抑圧がすべて正当化されてしまうことが許せなかったのだ。同時に、戦争における民衆の熱狂が、実は彼らにのしかかっている不当な支配、抑圧や疎外への解放を指向したものであることになんら目を向けない知識人の傲慢さを批判しつづけたのだ。

とはいっても、現実に戦場で命を落とし、被害に遭うのは民衆そのものではないかという批判に対して、「逆説家」は「そうかもしれないが、しかしそれも一時的なこと」とみなした上で、戦争によるある種の「平等化」と「解放感」をたたえる。

「いまの世の中に人間の心を、心と心で、キリスト教の物差しで測るものがひとりでもいるだろうか？　みんなポケットの中身で、権威と、力で測っているじゃないか」

「ここにはなにか一般民衆にとってあまりにも心を傷つけられるような、精神的不平等のどうにもやりきれない感情が顔を出しているわけだ。彼らをどんなに解放してやっても、またそのためにどんなに法律を制定してみたところで、現在の社会の人間の不平等は決してなくなるものではない。そのための唯一の薬――それは戦争である。一時しのぎの、瞬間的なものではあるけれど、しかし民衆にとっては嬉しい薬である。戦争は民衆の意識を高揚させ、自分自身の品位の意識を高める。戦争は戦闘の最中にあらゆる人間を平等にし、人間としての品位の最高発現のうちに、公共の事業のために、すべての人間のために、祖国のために自分の生命を犠牲にするという行為のうちに、主人と奴隷とを和解させる[*14]」

このような文章を読むとき、ドストエフスキーの死後、二〇世紀大衆社会が生み出したファシズムの幻影を、ドストエフスキーがまざまざと予言していたことを感じさせる。それは決して彼の不名誉ではなく、むしろ近代資本主義と大衆社会化が社会の不平等と人間の疎外をどこまでも進行させた場合、大衆の抑圧された心理がどのような政治的怪物を生み出すかを見抜いていた思想家としての先駆性にほかならない。

そして、この露骨なほどの戦争肯定論の背後にあるのは、人間の価値が「ポケットの中身＝財産、権威と力＝社会的地位」のみで判断される世界、それが合理的で正しいとされる世界には、自分は決して生きることはできないという、ドストエフスキーも、おそらく当時のロシアの民衆も共有していたもっとも素朴な近代批判の感情である。この言葉は、次のようなさらに明確な資本主義批判に直結する。

「民衆のあいだには、いたるところにひろまっている物質主義崇拝とともに、いままで聞いたこともないような思想の堕落というべきものがはじまった。わたしが物質主義と呼ぶのは、この場合、民衆の金銭崇拝、金袋の威力崇拝思想のことである。今日では金袋こそすべてであり、その中にはありとあらゆる力が含まれている、いままで親たちが言って聞かせたり教えたりしてくれたことは――なにもかもナンセンスであるという考え方が、急に民衆の頭の中にどっとばかりに流入したかのようである」[*15]

「『金持ちになれ、そうすればなんでもお前のものだ、どんなことでもできるようになる』こうした考え方以上に堕落的なものはほかにひとつもありえない。（中略）ところで民衆はこうした理念に対してはまったく無防備である、いかなる教化も、またいかなる対立する理念の説教も民衆をすこしも守ってはくれない」[*16]

ドストエフスキーがあえて誤解を恐れず、戦争を平和の上においたのは、農奴解放後のロシアに訪れた急激な近代化と資本主義の「発展」が、民衆の意識に決定的な変化をもたらし、彼が「百姓マレイ」や「百歳の老婆」のエピソードとして描き出した、民衆のもっとも美しい精神を、経済的生産性なき無価値な存在として切り捨てていくことへの恐怖感だった。このような資本主義社会の「平和」は、民衆の肉体を滅ぼす戦争以上に、その精神を滅ぼしてしまう。そして、この価値観を受け入れられないものは、「柔和な女」のように、聖像を胸に抱いてこの世界から去っていくしかない。これがいかに極端な発想に見えようと、ドストエフスキーにとっては恐ろしいロシアの未来像だったのである。ドストエフスキーは、戦争に熱狂する民衆の中に、資本主義社会における疎外と精神的堕落に抗し「偽善の平和」を拒否する姿を見出したのだ。

ドストエフスキーの「八紘一宇」

ドストエフスキーは先の「逆説家」の言葉を、『作家の日記』の別の部分ではさらに明確に自分自身の言葉として繰り返している。戦争は何といっても多くの血を流すではないか、という知識人の声に対して、人間の血は戦争などなくてももっとたくさん流れるかもしれないのだ、と挑発的に答える。そして、ふたたびドストエフスキーの資本主義批判が、しかも今度はさらなる説得力をもって繰り返されてゆく。

まず「〔資本主義社会において平和のうちに〕富を手に入れるのはわずか十分の一の人間だけであり、（中略）必要以上の富の蓄積が偏在することによってその富の所有者のあいだに感情のがさつさが生まれる」[*17]。そして、経済的格差の拡大に伴い、ついには途方もなく残酷な社会が生まれる。「指の傷口から流れる血を見ただけでも卒倒するような」人間が、貧しい人に対して平然と、ほんのわずかな負債が払えないだけでも牢獄にぶちこもうとする。そして行き着く先はこのような社会なのだ。

「人間同士の連帯感、人間の友好的団結、社会の相互扶助に対する信頼は失われ、『誰でもみんな自分のため、ただひたすら自分のため』というテーゼが声高らかに唱えられるようになる。

（中略）その結果――すべての人間が互いに相手を避け、ますます孤立化するようになる」[*18]
「その結果、ブルジョア的な長い平和は、なんと言っても、結局は、ほとんどつねに、それ自体が戦争の要求を生み出し、そのみじめな結果として、自業自得とは言いながら戦争に踏み切らせることになるのである。しかしその戦争なるものはもはや、すぐれた国民にふさわしい、偉大で正当な目的のためのものではなく、なにか妙にみじめたらしい株式市場の利害とか、搾取者にとって必要な新しい市場の開拓とか、金袋の所有者にとってはどうしても必要な、新しい奴隷の獲得のためのものなのだ」[*19]

ドストエフスキーは、資本家の利害や、植民地収奪のための戦争は、たとえその名目が自衛戦争や国益のためのものであったにせよ、結局「新たな奴隷の獲得」を目的とするものであり、最終的には国家国民を堕落させ結局は滅ぼしてしまうものだと力説した。ここでのドストエフスキーの資本主義批判、帝国主義戦争批判は、もちろんあまりにもナイーブなものであるが、その本質において、「平和」と「戦争」を真逆の概念として対置するのではなく、平和の中でも人間の精神をむしばみ、万人が万人に対して利害対立の敵対関係にあるのだという近代社会の一面を鋭くえぐっている。そして、この文章だけを取り出せば、ドストエフスキーは明確な「反戦論者」であり、一九世紀帝国主義への批判者ですらある。

ここで大半の読者は、それならばドストエフスキーはなぜ、ロシア政府の行う対トルコ戦争だけは侵略でもなければ資本家の利害と何ら無関係の〝聖戦〟だと断定するのか、という疑問に駆られるだろう。事実、ドストエフスキーは、ロシア民衆による義勇軍や、ロシア帝国の対トルコ戦争は「大らかな目的のための、迫害されている人々を解放するための、私欲を捨て去った神聖な目的のための戦争」と一方的に判断し、背後のロシア政府の思惑、とくに不凍港の獲得などの領土的野心を見ようともしない。しかも『作家の日記』には繰り返し、ロシア皇帝と民衆の一体感が美しくたたえられており、ロシアには侵略の意図はまったくないという、現在のわたしたちから見れば辟易するほどの、皇帝幻想や現実政治への無知としか思えない言葉が繰り返される。ドストエフスキーほどの作家が、ここまでナイーブにロシア帝国を讃美する姿は、多くの論者を戸惑わせ呆れさせてきた。

しかし、ドストエフスキーの関心はあくまで、ロシア帝国の戦争政策ではなく、民衆意識の中でこの戦争がいかなる意味をもっていたのか、それのみに注がれていたのだ。ドストエフスキーは、露土戦争をロシア民衆の視点、皇帝と民衆が一体となった聖なるロシアによる〝聖戦〟という幻想を夢見ることによって、近代を越え新たな「聖なるロシア」という幻の共同体に飛び立とうとした民衆と同じ視点に立っているのだ。そして、この戦争は少なくとも民衆意識の根底においては、次のような世界の調和の幻影にもつながるものだと述べたのである。

「われわれは世界に向かってまっ先に、われわれにとっては異民族である諸国民の個性を圧迫することによってわれわれは自国の繁栄を手に入れようとしているのではなく、むしろ反対に、ほかのあらゆる国民のこの上なく自由で誰にも左右されることのない自主的な発展と、諸国民との同胞的結合の中にのみ自国の繁栄を見るものであることを宣言することになる」

「互いに足りないところを補い合い、相手の本来の特性をこちらに接ぎ木するとともに、こちらからも接ぎ木のために自分の枝を相手に分かち与え、互いに心と魂を通い合わせ、学ぶべきものは学び、教えなければならないものは教えながら、人類が、諸国民の世界的交流によって普遍的な統一体に成長し、見上げるようなすばらしい巨木となって、その影で幸福な地上をおおいつくすようになるまで助け合っていく同胞的結合の中にそれを見るわけなのである[*20]」

これはかつて「八紘一宇」としてわが国で唱えられた理想像と不思議なほどの類似性を見せている。この理想そのものは、現在においても実は価値を失ってはいない。それは、近代社会がばらばらに解体していく以前、民衆がいかなる奴隷的な支配下にあっても守りつづけていた、あるべき幻想の共同体の姿に根差しているからである。このような幻想は、戦争や革命といった、近代的価値観を大きく超越する動乱のさなかに、あらゆる政治権力の思惑を越えてよみがえる。ドストエフスキーは、その地点に民衆とともに立つことのみが、知識人と民衆が真の意味で連帯しうる道であり、また資本主義やそれへの近代的対抗理念である共産主義を越える道であると信じた。

繰り返すが、二〇世紀初頭のファシズム思想とドストエフスキーはほとんど紙一重のところに位置している。しかし、その危険を冒してまでも、戦争に熱狂する民衆を単に愚昧とみなす知識人の側に立つことを拒否し、戦場に赴く民衆の側にドストエフスキーは立とうとしたのだ。

リアル・ポリティクスを越えてゆく民衆の夢

だが、ドストエフスキーが美しく描き出した〝聖戦〟論には、欺瞞的な平和主義よりもはるかに手ごわい批判者が存在した。それはリアル・ポリティクスの論理からの〝聖戦〟論批判である。ドストエフスキーはその好例として、かつて自分も尊敬し愛読していた進歩派リベラルにして、リアル・ポリティクスの代表的論客である、チモフエイ・グラノーフスキーの論考を紹介する。

グラノーフスキーは、露土戦争以前のクリミア戦争時に、当時の〝聖戦〟論を真っ向から否定し、すべての国家は国益のために行動するものであり、そこに個人的な正義感や道徳意識を持ち込むのはナンセンスだとみなしていた。ドストエフスキーはグラノーフスキーの論考を次のように引用している。

「『政治問題において忘恩とか感謝とかいう言葉を口にするのは単にその無理解ぶりを示すにすぎない。国家は個人ではない。したがって感謝のために自国の利益を犠牲にするわけにはいかない。まして、政治問題の場合には寛容そのものすら決して無欲なものでないのが普通であるからなおさらのことである[21]』」

ここでのグラノーフスキーの言葉は、オーストリアがロシア帝国の支援をかつて受けていながら（少なくともロシアの側はそう考えていた）クリミア戦争時にロシアの側に立たないことへの不満に対し、国際政治はそんな感情論は通用しない、と戒めたものである。これは政治外交の問題に、個人レベルの道徳的価値観をもち込むべきではないという冷静な論理であり、ドストエフスキーも、これは現実政治の力学においては反論の余地のない現実であることは百も承知だった。しかし、だからこそ、ドストエフスキーには断固として受け入れられない論理でもあった。「なんと言われようとも、これは人間の心を真っ二つに切り裂くようなものである。ここにはなにか、どうしても素直に同意できないものがある[22]」。

さらに、グラノーフスキーは、いわゆる〝聖戦〟論を次のように真っ向から否定した。

「『なによりもまず、この戦争（すなわち五三年から五四年にかけてと五五年の戦争）〔クリミア戦争〕は――神聖なものであるという考えを、一掃する必要がある。政府は、正教徒とキリスト教会の権利を擁護するために政府は行動しているのであることを、なんとか国民に納得させようと努めた。正教とスラヴ民族の擁護者は喜び勇んでこの旗印をかかげ回教徒に対する十字軍を唱導した。しかし十字軍の時代はすでに過去のものである。現代にあっては誰ひとり主の墓をまもるために（中略）行動を起こすものなどはいないし、回教徒をキリスト教の永遠の敵と見ているものなどはひとりもいない。ベツレヘムの聖堂の鍵は政治上の目的を達成するための口実に使われるだけである[*23]』」

ここでのグラノーフスキーの論理は、ドストエフスキーのそれよりもはるかに現代のわれわれにとって受け入れやすい、いわゆるリベラリズムとリアル・ポリティクスの論理に基づくものであり、論ずる対象を変えれば、現代の雑誌や新聞の論説としても何ら違和感のないものである。あえていえば、これに対するドストエフスキーの「反論」はほとんど反論になっていない。

しかし、ドストエフスキーは、このようなリアル・ポリティクスと、国益優先の思想だけが、ロシア国民にとって最高の利益であり、最高の政策なのだろうか、いや、一時的には不利益をたとえ被ったとしても、このような論理こそ、世界から正義や名誉、道徳といった大切な価値観をなくしていく、少なくとも政治から切り離してしまうと感じられたのである。国家の名誉、寛容と正義とを重んじる政策こそ、偉大な国民にとって最上の政策なのではないか、そしてそれは長期的には必ず歴史の真の進歩につながるとドストエフスキーは信じてやまなかった（その実例として黒人奴隷売買の廃止をあげ、これも当時は決して現実的とはみなされていなかったが、正義の実現のためには必要であり、真の意味での進歩をもたらしたと指摘する）。

そして、グラノーフスキーが民衆に対し、聖戦イデオロギーの虚偽を説き、戦禍に巻き込まれる民衆の苦難に、いかに深い同情を寄せようとも、ドストエフスキーからすれば、グラノーフスキーの民衆への愛は、トルストイやネクラーソフ同様、民衆を同情すべき対象、消極的で物言わぬ、抑圧された哀れな存在とみなした上での愛だった。だからこそグラノーフスキーは、〝聖戦〟論を、リアル・ポリティクスの論理から見れば狂信的で時代遅れの代物であり、政府が民衆を扇動するためのイデオロギーにすぎないものとみなし、民衆はそれに操られてはならないと警告したのである。

しかし、ドストエフスキーは逆に、今ロシアで起きているのは、民衆の自発的な精神運動であり、そこでは現実政治の論理を越えた、〝聖戦〟に向かう中での一体感が求められていること、この〝聖戦〟自体を政治の論理で否定してしまっては、民衆そのものの夢と心情を否定することになると考えた。「迫害されている正教を信じる同胞のために戦い、彼らのために血を流しに赴く、ありとあらゆる階層のロシヤ人[*24]」たち、そしてこれまでは民衆と接することもほとんどなかった身分の高い婦人たちが、義援金を集めるために、街から街へ歩いていく姿、それらが一体となって生み出しているものは「みんながまたいっしょになろうとしているんだな。するとつまり――いつもいがみ合っているというわけではないんだな。結局、われわれはみんなやはり同じキリスト教徒というわけなんだ[*25]」という、近代化と資本主義が奪いつつある国民の階層を越えた連帯感なのだと、ドストエフスキーは確信してやまない。

ドストエフスキーは深い感動を込めて、義勇兵、ファマー・ダニーロフの死を伝えている。彼はトルコ側の捕虜となったが、そこで回教に改宗することを拒んだため、度重なる拷問ののちに殺されたのだった。

「もしキリストを棄てることに同意するならば、恩赦を与えたうえ、さらに褒章と名誉を授けると約束」されたが「ダニーロフは、自分には十字架を裏切ることはできない、自分はたとえ捕虜の身の上であっても、皇帝の臣民であることには変わりがないので、皇帝とキリスト教に対する義務をあくまでも果たさなければならないと答えた[*26]」

この兵士の死に対し、ドストエフスキーは、民衆は決して彼のことを忘れることはないが、知識人は平然と「時代おくれな、修身の教科書的な形で現われた、蒙昧な力[*27]」として嘲笑するだろうと予想している。たとえばグラノーフスキーならば、この義勇兵のような十字軍的信念を、おそらく古い滑稽なものとみなすだろう。だがドストエフスキーにとって、彼のような存在こそ「ロシヤの象徴」「ロシヤの国の真の姿」なのだ。

ドストエフスキーは、この兵士はおそらく故郷で生活しているときは、さして秀でた人間でもなく、それほど信仰深かったわけでもなかったかもしれない。しかし、彼は命の危機と拷問の恐怖にさらされても、キリスト教を捨てることも皇帝を裏切ることも拒否した。これによって二度と妻や娘（ダニーロフには故郷に二七歳の妻と六歳の娘がいた）と会うことができないとしても、また、ここで仮に自分が上辺だけ回教徒になったところで、誰も責める人も、いや、気づく人すらいないことがわかっていても、彼はそのことを拒否したのである。

「まさにわが国の民衆はまったくこれと同じように、見てくれを飾るためのものではなく、真実のための真実を愛しているのである。たとえ民衆は粗野で、だらしがなく、罪が深く、目立たない存在であるにしても、いったん奮起すべきときがきて、国を挙げて全国民的な真実を明らかにすべき大事業がはじまったならば、物質主義、さまざまな情欲、金銭欲とか所有欲とかの重圧に抗して、いやそればかりか、残酷きわまりない殉教的な死の恐怖にすら打ちかって〔偉大な意志の力を〕発揮することになる」[*28]

さらにドストエフスキーは、このような民衆の理想が「反動的であるかないか」はどうでもいいことだといいきる。知識人やリアル・ポリティクスの信奉者が、このような民衆の姿を「時代遅れ」「反動的」とみなそうと、そこに問題の本質はない。重要なのは、「大事業のために〔近代的価値観を越えて新たな精神の地平に到達するために〕この上なく偉大な意志の力を発揮するその能力なのである」。知識や現状分析においてははるかに上に立つ知識人よりも、この一点において、民衆は彼らを越えているとドストエフスキーは主張した。

そして、戦死した義勇兵の魂の安らぎを祈る民衆の思いを、ドストエフスキーは次のような詩に表し、将来彼の死は民衆の愛唱歌として歌いつがれるだろうとたたえた。

「戦場の露と消えても民衆の／心と記憶にその人もはたまた／自由でうるわしき焔のごとき／熱情も消えることなく生きつづけん。／民衆に捧げし死こそ栄(はえ)ある死！

そうだ、これはまさに『民衆に捧げた死』であった。しかもひとりスラヴ民族のためばかりでなく、普遍的な事業、正教のそしてロシヤの事業のために捧げた死であって、民衆はつねにそのことをよく理解するに相違ない。(中略) わが国の民衆は物質主義者ではないし、差し迫った利益や確実な利益のことだけしか考えないほど、まだ精神的に堕落してはいない。もし偉大な目的が目の前に現われたならば、民衆は精神的に喜びを覚え、これを心の糧(かて)として受け取るにちがいないのだ[*29]」

さらにドストエフスキーは、この運動は、いわゆる「愛国心」という言葉で片づけられるものではなく、戦争における勝敗すら超越したものだとまで断言する。

「偉大な事業に向かっての皇帝と国民とのこの結合が、はたして単なる愛国心であろうか？」「われわれは、もしかすると、戦闘に敗れるようなことがあるかもしれないが、しかしそれでもなお、ほかならぬ国民精神の結合と国民の自覚によってついに征服されることはないのである[*30]」

ドストエフスキーは、近代国家における、国民国家の国益や領土、さらには主権を守るための愛国心と、今ロシアの民衆が守り戦おうとしている愛国心とはまったく違うものだと述べている。民衆は「国益」「経済的利益」「近代化」また「スラブ主義」など、いずれも民衆の外部から押し付けられるイデオロギーによって救済されるべき存在ではない。民衆自らが、知識人にとっていかに蒙昧に見えようとも、近代化によりバラバラにされた個人が、ふたたび共同性の中で一体感を見出すことを目指して飛翔する姿の中にこそ、民衆の解放があり、知識人はその民衆の夢と行動を言葉にすることによってのみ民衆と連帯することができる。これがドストエフスキーの〝聖戦〟論の本質だった。

第七章　コンスタンチノープル領有論と反ユダヤ主義

コンスタンチノープル領有論（1）――ロシアの歴史は三段階で発展してきた

ここでわたしたちは、やはりドストエフスキーの主張の中で、もっとも眉をひそめさせる言説にも触れなければなるまい。

まず、ドストエフスキーは、コンスタンチノープルをロシアが領有すべきであるという主張を『作家の日記』で露骨なまでに展開した。もちろん、ドストエフスキーの主張にも、一定の理がないわけではない。実はドストエフスキーは、意外なほどリアルで冷静な視点をもっていた。たとえば、不安定なバルカン地帯の平和構築のために、コンスタンチノープルをある種の国際的な友好都市とし、関係各国が共同管理するという案について、ドストエフスキーは、すべての国家が国益と勢力の拡張を目指す現実の国際社会においては所詮不可能であると一蹴している。

また、この戦争にロシアが勝利し、各スラブ民族が独立を果たしたとしても、それは必ずしも平和と安定の実現ではないことを、ドストエフスキーは繰り返し警告した。各民族は、自由になれば、おそらく今度はロシアを抑圧者、新たな支配者として批判しはじめるだろう。スラブの連帯などは夢想にすぎない。この地域の安定のためには、ロシアがコンスタンチノープルを領有したのち、長期間にわたって、強力な軍事力のもと地域全体に一定の影響力をもたなければならない。ドストエフスキーはこのように、バルカン半島のスラブ民族問題は、「力」をもってしか解決できないことを強調した。

これらの主張は、ドストエフスキーもやはり、一九世紀の帝国主義時代の人間だったことを示すとともに、現実政治・外交についても一定の眼力をもっていたことを証明している。だが、ドストエフスキーの本質は、もちろんこのような政治外交論にはなかった。ドストエフスキーのコンスタンチノープル領有論は、ドストエフスキーの特異な歴史観、そして西欧とロシアの未来についての ある悲観的な予想から導かれていたことがわかる。何よりもドストエフスキー自身、次のようにいいきっているのだ。

「確かに、ツァーリグラート〔コンスタンチノープルは領有後にはこの名前で呼ばれることになるとドストエフスキーは宣言する〕はわれわれのものになるべきであるけれど、それはなにもそれが音に聞こえた港であり、海峡であり、『世界の中心』、『地球の臍(へそ)』であるという観点だけによるものでもなければ、またロシヤのようなとてつもなく大きな巨人にとっては、(中略)世界の海や大洋の自由な空気を吸うために、それまで閉じこめられていた自分の部屋から広々とした天地に抜け出さなければならないという、ずっと前から意識にのぼっていた必要性の見地に立ってのことでもないのである」[*1]

ここで語られているのは、コンスタンチノープルという港の戦略的重要性も、また不凍港を求めるロシアの国家的野望も、いずれも二次的な問題にすぎない、本質的な問題は他にあるのだという、ドストエフスキーの発言に一貫した「非政治的」立場の宣言である。この問題については、高野雅之の『ロシア思想史――メシアニズムの系譜』がもっともわかりやすい要約と紹介をしており、筆者もこの本を参考にしていることをお断りしておく。

ドストエフスキーは、ロシア帝国の歴史を、三つの発展段階に分けて解説する。

まず、ピョートル大帝以前のロシアは、一大統一国家をつくり上げ、国境を固める準備をしていた。しかし、外国に対し影響を与えることはなく、ある種の鎖国状態のまま、国内では一〇世紀にビザンチン帝国から伝えられたギリシャ正教という、ほかのどの国にもない精神的な宝を固く守っていた。これが「モスクワ時代のロシア」である。

しかし、ロシアにおいては「タタールの軛(くびき)」とされた韃靼人(タタール)の支配、また近東地域においてはトルコの支配が続き、正教は弾圧下にあった。このことは逆に、正教の理想が、権力と結びつくことなくそのまま純粋な信仰として民衆の中に残ることを助けた。同時に、迫害されつづけた近東の正教徒は、教会の中にただ一つの希望と救いを見出し、信仰のみによって、征服者との同化や一体化を拒否してきた。

そして、ピョートル大帝による改革の時代がやってくる。ロシアは西欧のあらゆる文化・技術を吸収し、ロシアの「モスクワ的理念」つまり正教は、思想的にも理念的にも発展させられた。そしてロシアは、真のキリスト教である正教を世界に広めることによって人類に奉仕するという民族的使命感に目覚めたのである。

しかし、当時の西欧はロシアと正教の理念をまったく理解しようとしなかった。それは、ロシアが西欧諸国に匹敵する力をもっていなかったからである。ピョートル大帝時代に行われた、西欧の国家システムや技術の導入によるロシアの近代化と国力の増進、さらに軍事力の強化は、歴史的には、ロシアがその使命を果たしうる力を培うためのものであった。この段階は「ペテルブルクのロシア」である。

そして、一九世紀後半、露土戦争勃発により、ロシアの第三段階「ツァーリグラートのロシア」(もっとも、ドストエフスキーはコンスタンチノープルを領有したとしてもこの都市をロシアの首都とすることは考えていない。その理由は後述する)の時代がついに到来した。近東で回教徒の支配と虐殺にさらされている正教徒を、西欧諸国は見殺しにしている。これは西欧のキリスト教国の偽善の象徴である。正教徒の救済のためにロシアが聖なる戦いに挑み、コンスタンチノープルの領有と、それによる全スラブ民族の統合を実現することによって、ロシアが西欧に向けて堂々とその姿を現し、世界史的使命を果たすべき時がきたのだ。

コンスタンチノープル領有論（2）——権力から限りなく遠い正教、共産主義とも一体化するカトリック

以上のようなロシア史の「発展」史観そのものは、ドストエフスキーのあくまで個人的な歴史観、それも相当に主観的な歴史観である。そしてこの史観は、ビザンチン帝国から一〇世紀に伝えられたギリシャ正教こそが真のキリスト教であり、それを世界に伝えることがロシアの使命であるという、宗教的な使命感を軸としている。

ドストエフスキーの歴史観をもう少し見ていこう。ドストエフスキーは、古代ローマ帝国の理念を、西欧におけるキリスト教理念の原点とみなす。「古代ローマははじめて人類の世界的統一の理念を生み出し、はじめてこれを全世界にまたがる君主国という形式で実際に実現しようと考えた」。この理念は、ローマ帝国滅亡後「キリスト教を中心とする全世界の統一」という新しい理念に変わっていく。そして、本来のキリスト教の人類結合の理想は、ローマ帝国が目指したような政治権力による世界統一ではなく、全人類の純粋に精神的な結合を目指すものであり、その理想をもっとも純粋な形で引き継いだのは正教であった。

ではなぜ、ロシアが正教の精神を引き継ぐことができたのか。それはロシアが「タタールの軛」といわれる一三世紀から約二〇〇年にわたるモンゴルのロシア支配を体験し、信仰が権力や国家と

切断された時期があったからであり、その点では、トルコがスラブ民族を抑圧している現状もある意味同様だとさえドストエフスキーは述べる。

「キリスト教徒の住民は、キリストとキリストに対する信仰の中に自分たちの唯一の慰めを見いだした。また教会の中には——その国民としての人格と特異性の唯一の、そして最後の痕跡を発見したのである。それは残されたただひとつの希望であり、破船のあとに残された最後の一枚の板切れであった。なぜならば教会はともかくもこれらの住民をひとつの民族の形で維持してきたし、またキリストに対する信仰は彼らが、たとえその一部分ではあったにしても、その家系とかつての歴史を忘れて、征服者とひとつに合体してしまうことを妨げてきたからである[*2]」

この文章は主としてバルカン半島のスラブ民族に対して述べたものだが、ドストエフスキーはロシアにおいても、正教はこのように民族としての一体感と精神の希望と慰めとして機能してきたと考えた。さらに、ロシアがモンゴル支配から脱却したのちは、バルカン半島のスラブ民族は「祈りを込めた視線」を向け、自分たちをトルコ支配から救済してほしいという希望をもちつづけ、またロシア民衆も「正教と正教を信ずる諸民族を最後の破滅から守り抜く義務」を引き受けてきたのだと述べる。

ロシア民衆は「〔国の紋章として〕ツァーリグラートの双頭の鷲をその古くから伝わる紋章の上におき」「神の命令が雷鳴のようにとどろきわたったあかつきには、正教とこれを奉じる全キリスト教徒を回教徒の蛮行と西欧の異端信仰から救い出す解放者としての使命」[*3]を果たす覚悟を抱いてきたのである。ドストエフスキーにとって、ロシア皇帝は民衆にとって「正教の皇帝」、つまり政治的利害関係や権力とはかけ離れた、ロシアの歴史的使命、ロシア民衆のキリスト教信仰の象徴だったのである。

このような文章は、歴史観としても、また宗教観としてもあまりにも主観的で偏見に満ちたものにしか見えないだろう。ロシアにおける正教会は、現実には非政治的で権力から遠い存在であるどころか、ロシア帝政の専制支配を宗教面から正当化し、権力と密接に結びついていたはずである。この一点をもっても、ドストエフスキーの論点の中心は成立しないことになろう。だが、ここでもそのような反論はあまり意味がない。ここでドストエフスキーが強調しているのは、真のキリスト教徒はこのような権力ともっとも遠く、また、人類の連帯と、苦しむ人たちを救済する意志をもつ存在でなければならないという信念なのだ。そして、これとまったく真逆な存在が、西欧のキリスト教、とくにカトリックなのである。

ドストエフスキーは、正教とは逆に、カトリックこそは、キリスト教の精神的な人類の統一と融和の理想を、ローマ教皇を頂点に抱く教会権力による政治的、宗教的支配の実現にすり替えてしまったのだとみなした。カトリックは、世界を力によって支配し統一するローマ帝国の精神をそのまま引き継ぎ、教皇を頂点におく宗教的、政治的支配体制を現実社会に実現することを目指している。そして、フランス革命による自由・平等・博愛のイデオロギーも、理想を実現し、社会を理想に従って改変するためには、まず権力を取らなければならないという姿勢において、根本的には同じ思想的潮流に属する。さらに、そのイデオロギーを過激化した社会主義、共産主義思想もまた、信仰を拒否する無神論でありつつも、現世の権力を奪取し、世界を革命家が支配し、それによって理想社会をもたらそうとする姿勢においてはカトリック（＝ローマ帝国）の精神を引き継いでいるのだ。

ドストエフスキーは社会主義、共産主義を絶望と無信仰が生み出したものとし、それは暴力をもって人類を救おうとする流血の革命を目指すことを強調し、将来的にはカトリックと社会主義がある種の連携のもと世界支配に乗り出すことすら予言した。この予言は一時期南米などで展開された「解放の神学」運動などを思い起こさせるが、より一般的に、宗教的な正義感が現実の政治運動としばしば安易に結びつくことへの危険性、社会格差や疎外感で絶望的な状況に追い込まれた人々がしばしば宗教原理主義や、さらに進めばテロリズムにまで踏み込む危険性を考えれば、ドストエフスキーの悪意ある比喩を越えて本質的な問題を提起していたともいえるだろう。西欧は、無神論を基本とし、理念としてはローマ帝国による力の支配、現実には貧しい民衆の絶望的な革命運動によって大混乱に陥り、その波はロシアにも及ぶだろうと予言した。

そして、ドイツとプロテスタントを、ドストエフスキーはこのカトリックに対する「プロテスト（抗議、抵抗）」の姿勢においては一定評価し、ビスマルクの政治的・軍事的洞察力をたたえているが、真のキリスト教精神とは遠いものとみなした。抗議や否定を基盤とする思想は、その対象がなくなれば意義を失う。仮にカトリックが力を失えば、プロテスタントは抗議する対象を失って、いつかは無神論に転落するだろう。ドイツもまた、西欧諸国を覆う革命と戦争の嵐の中に巻き込まれていくのは避けがたい。近い将来、西欧は自らの思想的行き詰まりから、下層労働者を中心とする革命運動の中、混乱と破滅に向かうだろう。ドストエフスキーは、西欧の運命をこのように悲観的に論じ、ロシアはこれに備えなければならないと主張した。

ドストエフスキーのコンスタンチノープル領有論とは、現実の政治問題とはかけ離れた、彼の歴史的、宗教的な信念から導かれたものだった。ドストエフスキーがいかに強弁しようと、ピョートル大帝の改革以後、無批判にロシアが受け入れてきた近代化は、一九世紀の農奴解放を経て、ロシアの伝統的価値観や民衆の共同体を内面から崩壊させていた。このロシアがふたたび立ち上がり、その伝統精神である正教信仰を復興するためにこそ「コンスタンチノープル＝ツァーリグラート」というシンボルが浮かび上がってくるのである。

コンスタンチノープル領有は、ロシア民衆の精神＝正教の精神が、神を見失った、カトリックをはじめとする西欧文明に対し勝利することの象徴だった。同時に、ドストエフスキーの思いの中では、この都市をロシアが武力で維持することは、来るべき西欧の「革命運動」からの、思想的、かつ物理的侵略に対抗する防衛線を築くことでもあった。

ドストエフスキーのカトリック、そして西欧近代への反感と恐怖は、「黒いイエズス会」という陰謀論において頂点をなし、また反ユダヤ主義にも結びついていく。やはり、この問題もまた『作家の日記』を語る上で外すことのできない問題として紹介しておかねばならないだろう。

まず「黒いイエズス会」について、ドストエフスキーの語るところを引用してみる。これは、ドストエフスキーによればフランス国内でカトリックが秘密に組織している陰謀集団である。彼らはほかの革命家とは違い、いかなる合法性も、公的な正義も考慮しない。「この『黒い軍隊』は人類の枠、公民という枠、文明の枠の外」にある。

「これは status in statu（国家の中の国家）である。これは教皇の軍隊である。この軍隊にとって必要なのはただ自分たちの理念の勝利だけであって、――その勝利さえ得られれば、その進路を妨げるものはすでに勝手に滅びるがよい、（中略）自分たちと意見の合わないものはどんなものでも――文明だろうと、社会だろうと、科学だろうとみんな勝手にくたばってしまえ、というわけなのだ！」[*4]

もちろんドストエフスキーにも、このような秘密組織が存在することの証明などできはしない。彼自身、自分の言説が「一見きわめてばかばかしい」ととられるだろうとすぐに付け加えている。「黒いイエズス会」とは、普仏戦争からパリ・コミューン、諸国における革命運動と政府との衝突、インターナショナルの結成などさまざまな事件を経て、ドストエフスキーの想念が導き出した幻想に基づく陰謀論にすぎない。だが、ここで語られている集団の性格自体には、あらゆる革命運動やテロリズムが陥りかねない精神の暗部が見事に描かれている。

そして、ドストエフスキーはこの文章を書いた約一年後には「戦闘的カトリシズム」という、やや(?)穏やかな表現に変えて、彼らの陰謀と欧州大戦の危機を警告し、フランスとドイツとの、つまりカトリックと反カトリックとの戦争は不可避であり「戦いがはじまるやいなや、たちまちのうちに全ヨーロッパを巻き込む大戦争になるだろう。近東問題も近東戦争も、運命の力によって、これまた全ヨーロッパの戦争と合流することになる」[*5]と予言した。

これは第一次世界大戦においてある意味実現したといってもよかろう。ただ、その戦争は、ドストエフスキーが信じていたような、コンスタンチノープルを領有したロシアが勝利することで、「ローマのカトリシズムの千年来の問題がそれによって解決され、神の摂理によって、復活した東方のキリスト教がそれに取って代わること」[*6]にはならなかった。現実のロシアは逆の運命をたどる。「無神論的革命」が発生したのはロシアであり、民衆は皇帝幻想を捨て、ボルシェヴィキは共産主義独裁権力のもとに地上にユートピアを築こうとした。そして「ロシア皇帝」は、スターリンという最悪の独裁者の形でよみがえったのである。ドストエフスキーの予言のうち、もっとも悲劇的な形で外れ、その夢を悪夢に変えたのは、ロシア革命とスターリン体制の実現といえるだろう。

ドストエフスキーと反ユダヤ主義

そして、この「黒いイエズス会」陰謀論は、反ユダヤ主義とほぼ同一の論理構造をもつ。一九世紀以降の反ユダヤ主義は、それまでの宗教的、民族的偏見を越えて、近代批判、資本主義批判、またそれを裏返した形での共産主義批判と結びついて現れた。

ユダヤ陰謀論は、一つにはユダヤ人を、金融資本による支配を目指し、民族の伝統、信仰、文化共同体の破壊を引き起こす存在とみなすものである。これは近代資本主義への反感がユダヤ陰謀論と結びついたものだ。「神なきユダヤ人」「国家なきユダヤ人」、さらに「高利貸や銀行による民衆の支配、資本主義による文化伝統の破壊」などのイメージがユダヤ人に押しつけられたのだ。これは実はロシアにおける革命運動の中にも見られた意識で「我々はユダヤに搾取されている」という主張がしばしば見られた（中村健之介『永遠のドストエフスキー』参照）。

もう一つ、逆に共産主義者による革命運動を支えているのは、キリスト教を否定する唯物論であり、階級闘争論は、国民の団結を分断するものだという視点から生まれたもので、共産主義による世界革命の背後にあるのは、ユダヤ人の世界支配の組織だという論理に簡単に転換された。これはドストエフスキーの死後、二〇世紀になってからだが、ロシアの秘密警察による『シオンの議定書』がユダヤ陰謀論の偽書として発行され、ヒトラーをはじめ多くの反ユダヤ主義者の源泉となったことからも示唆される。

ドストエフスキーもまた、このような反ユダヤ主義的言説を『作家の日記』の中でしばしば発している。その集約と思われるのが、一八七七年三月号に書かれた「ユダヤ人問題」という論考である。ここでドストエフスキーは、自分は反ユダヤ主義者ではないと断ってはいるけれど、ほとんどプロパガンダのようなユダヤ批判を繰り返している。ドストエフスキーは、ロシアにもたらされた資本主義経済が、市場をユダヤ人に独占させ、ウオツカの販売などさまざまな独占体制をつくり上げて民衆を堕落させているといった説を述べてきたが、この論考では一歩進み、農奴解放以後のユダヤ人の活動について次のように述べている。

「〔農奴解放以後〕よい獲物ござんなれとばかりに、まっ先に彼らに飛びかかったのはいったい誰であったか。彼らの悪習〔ロシア人の飲酒癖〕につけこんでそれを利用した親玉は誰であったか。先祖伝来のお手のものの金貸しの手管で彼らをがんじがらめにしたのは誰であったか。手のとどく限りいたるところで、たちまちのうちに、勢力を失った地主たちにまんまと取って代わったのは、いったい誰であったか[*7]」

さらにドストエフスキーは、ユダヤ人はアメリカの南部諸州で、解放された黒人たちを「金貸し業」で支配しているなどという右派系の新聞記事を紹介し、しかも、ここロシアではユダヤ人に対する悪意や差別感情は民衆レベルではほとんど見られないとまで強弁する。

さらにドストエフスキーは、ユダヤ人はその信仰に基づく強固な共同体を、ロシアにおいて「国家内国家」としてつくり出しており、そのドグマは多民族と非融和的な「この世に存在しているのはユダヤ人だけ」という信仰に根差しているとまで述べている。ドストエフスキーがここでユダヤ人のドグマとして指摘している言説は、まさにナチスを先取りする過激なものだ。

「諸民族の群れから抜け出して自分たちだけの世界を作るのだ。そして今日以後は神の前に立っているのはお前だけであると心得て、ほかの人間は皆殺しにするか、奴隷にするか、それでなければ骨の髄まで搾取するがよい」「またたとえ自分たちの土地を失い、その政治的人格を失うようなことになったにしても、またこの地球のあらゆる表面に離散し、ありとあらゆる民族のあいだを流浪するような羽目におちいったにしても——そんなことには関わりなく——お前に約束されたことをことごとく信じ、なにもかもそのとおりに実現されるものと、断固として信じつづけるのだ。そしてさしあたりそれまでは、嫌悪をあらわにし、団結をまもり搾取しながら生きつづけ――ひたすら、ただひたすらそのときがくるのを待つがよい……」[*8]

このような文章を読むとき、ドストエフスキーもまざまざと、前述したようなユダヤ陰謀論に籠絡されていたのだなと思わざるをえない。中村によれば、「ユダヤ人がロシアの中に『国家内国家』というべき閉ざされた共同体をつくり上げており、その目的はロシア人を搾取することだ」という趣旨の反ユダヤ文献が当時出版されており、ドストエフスキーもそれを読んでいたという。ロシア民衆の精神に寄り添えば寄り添うほど、資本主義による民衆精神の破壊に怒りと悲しみを覚えれば覚えるほど、このような陰謀論やレイシズムに陥りかねないという思想の罠に、ドストエフスキーも無縁ではなかっただろう。

同時に、ここには、世界に拒絶されたと思い込むニヒリストたちが、己のルサンチマンを社会批判と勘違いし、自らが神から選ばれた選民であると信じ込む心情が巧みに描かれているだけでなく、現代社会の宗教原理主義者やテロリストの意識すら予言しているように読める。

ただドストエフスキーは、さまざまな偏見をもちながらも、ユダヤ人に対しある種の敬意、もしくは畏れのようなものを抱いていたのではないか。ドストエフスキーは、四千年もの間、ユダヤ人はたとえ国を失い離散しても、ユダヤ教の信仰を失わなかった、信仰なきユダヤ人などというものは存在しない、という言葉を書きつけている。そこには、たとえ祖国や大地を失っても、信仰のみによって連帯意識と共同体を守り抜くことができるのだ、という畏敬の念のようなものを感じさせる。

あるユダヤ人女性の手紙――民族の垣根を越えた一時のユートピア

そして、ドストエフスキーの反ユダヤ主義を、一時的であれ、自ら否定する機会を与えてくれたのは、『作家の日記』編集部に送られてきた、一人の若いユダヤ人女性読者からの手紙だった（中村によれば、彼女はドストエフスキーが親しく文通をしていた、ソフィア・イリアという若く理想主義的な女性だった）。彼女は、最近亡くなった八四歳のドイツ人医師ヒンデンブルクの死と、生前の善行について、洗練された、かつ感情のこもった手紙を送ってきたのだった。

この医師はプロテスタントだったが、いかなる民族を差別することもなく、とくに貧しいユダヤ人たちには親切に、しばしば無償で医療を施していた。あるユダヤ人の木こりの一家が病気になり、医師の治療で回復したことがあったが、その後、医師は治療費をどうするつもりかねと木こりに尋ねた。木こりは唯一の財産である牝山羊を売ってわずかなお金を医師に払ったが、医師は受け取ったのち、自分でもっと多くの金銭を足して、牝牛を買って木こりの家に届けさせた。そして「山羊の乳はお前たちには合わないから、これからはこの牝牛を飼いなさい」と教えるような、温かく、かつユーモアをこめた親切を示すことのできる医師だった。

この医師の葬儀は盛大で心のこもったものになり、街中の貧乏人がみな店を閉めて喪に服した。ユダヤ人もキリスト教徒もみな医師の死を悼み、墓前ではユダヤ教のラビと牧師がそれぞれ泣きながら追悼の言葉を述べたのだった。

ドストエフスキーはこの手紙を紹介したのちに、この老医師のさまざまな行為を、まさに聖人伝説のように描き出す。医師が、貧しいユダヤ人の家で一晩中苦しむ妊婦に寄り添い、やっと生まれた赤ん坊に着る服がないため、自らの着物を脱いで与える場面を、ドストエフスキーは聖画として描くべきだとその場面を克明に描写していく。

「キリスト教徒の医師は小さなユダヤ人を両手で取り上げ、脱いだばかりのルバーシカでくるんでやる。諸君、これこそまさにユダヤ人問題の解決ではないのか！（中略）こうした一部始終をキリストは天からご覧になっているし、医師もまたそれを知っている。——『この貧しいユダヤ人の赤ん坊が大きくなったら、自分が生まれたときの話を思い出して、あるいはルバーシカを脱いでキリスト教徒に与えるかもしれない』と素朴で高雅な信仰をいだきながら、老人は心の中で考える」

「〔この考えは〕実現する可能性はある。これは実現されるかもしれない、いやかならず実現されるだろうと信じること、これにまさる善行はこの地上にふたつとはないのである。だがこの医師にはそれを信じる資格がある。なぜならば彼の場合にはすでに現実のものとなったからなのだ。――『わたしはそれを実行した、だからほかの人も実行してくれるに相違ない。わたしのどこがいったい他人よりもすぐれているというのだ？』という論拠によって彼は自分を力づけているのである」[*9]

この手紙を寄せてきた女性の住む街はミンスク、老医師のようなドイツ人、ロシア人、ポーランド人、もちろんユダヤ人、さまざまな民族が住む街だった。ここでドストエフスキーが敬意と感動をもって語るのは、一人の義人の意志と行為が、世界をいかなる深刻な対立からも救い出す道を示すという確信である。

二〇世紀にソルジェニーツィンは『マトリョーナの家』の末尾で描いた。「……滑稽なほどばか正直で、他人のためにただ働きばかりしていたひと――（中略）／われわれはこのひとのすぐそばで暮しておりながら、だれひとり理解できなかったのだ。このひとこそ、一人の義人なくして村はたちゆかず、と諺にいうあの義人であることを。／都だとて同じこと。／われらの地球全体だとても」[*10]。そして、あえてユダヤの文献を付け加えておく。ユダヤの古典『タルムード』の教え、「一人の命を救う者は全世界を救う」[11]。これらは皆、この医師の姿にドストエフスキーが見たものと同じ精神に根差しているはずだ。

ユダヤ教のラビとキリスト教の牧師が、この医師の墓前でともに涙を流し祈りをささげたことを、ドストエフスキーは、この二人が抱擁を交わし、ユダヤ人問題など解決されたも同然のことが起きたのだと断定する。この後、仮に二人が別れ別れになってから、ふたたびお互いへの偏見がよみがえったからといって、それが一体何だろう。偏見はこのような一つ一つのケースに触れる中で、自然に消え失せてしまうはずだ。この老医師の生涯に感動し、民族や宗教の壁を越えて集まった人々こそが「地を継ぐもの」であり、ドストエフスキーの言葉によれば、真の「世界征服者」なのだ。そのことを信じられるなら「諸君はすでにあらゆる点で結び合わされたのも同然なのである」。

「それにすべての人間が、あるいは非常に多くの人間が、この人たちのように立派な人になるまで、待っている必要は決してない。世界を救うためには、このような人間はごく少数しか必要でない。それほど彼らは強力なのである」[12]

このドストエフスキーの美しい世界の調和と救済のヴィジョンは、最晩年の、プーシキン祭での講演で、ふたたび展開されることになる。

第八章　スラブ主義の思想家——ホミャーコフとダニレフスキー

ここで、ドストエフスキーの政治論を語る上で、やはり外すことのできないテーマとして、ロシアにおけるスラブ主義の代表的な二人の思想家を紹介しておきたい。一九世紀に生きたこの二人の思想家の言説には、ドストエフスキーとの深い共通性と、同時にまた決定的な面における相違点を見ることができるだろう。なお、本章は、勝田吉太郎『近代ロシア政治思想史（下）』（勝田吉太郎著作集第二巻）、高野雅之『ロシア思想史――メシアニズムの系譜』に多くを負っていることをお断りしておく。

ピョートル大帝の改革以後一八世紀まで、ロシア貴族たちは、宮廷での会話もフランス語を使い、服装なども西欧をまねることが流行した。しかし、真の意味でロシアが西欧と直面したのは、対ナポレオン戦争の体験を経て、西欧近代の思想がロシア知識人に流入して以後のことである。そして、ロシアにおけるスラブ主義とは、一八三〇年代から四〇年代にかけて、西欧哲学の洗礼を受けたロシアの知識人たちの中から生まれてきた思想であった。彼らは、西欧近代の思想に深い感動と敬意を抱いたが、同時に、祖国ロシアの思想伝統を再認識し、ロシア独自の立場から西欧近代に対峙しようとしたのだ。

そして、このスラブ主義は、ドイツにおけるロマン主義運動に強い影響を受けた。ドイツロマン派の知識人は、西欧、とくにフランス革命以後の自由主義や個人主義を評価しつつ、ドイツは民族自身の伝統や文化に立ち返り、そこから合理主義よりもむしろロマン主義、神秘主義の世界観を導き出した。

勝田吉太郎は、ドイツロマン主義やスラブ主義を、一八世紀の啓蒙思想からフランス革命に続く、合理主義、理性主義に対するロマン的反動としてとらえ、次のように評している。「浪漫主義は、啓蒙主義が招来した懐疑主義やドグマティックな無神論の帰結から逃れるために宗教的信仰の価値を力説した。十九世紀の浪漫主義者たちは、多かれ少なかれ、神秘主義のうちに、無信仰とそれに不可避的に随伴すると思われた道徳的放縦とを阻止する最も確実な防壁を求めたのである[*1]」

合理主義が徹底し無神論が浸透すれば、伝統的価値観も崩壊し、民族性も安定した社会秩序も失われ、人々をつなぐ共同体意識の絆も断たれる。この危機感を、ドイツロマン主義以上に、ロシアのスラブ主義者たちは強く意識していた。それは、ドイツロマン主義者同様、スラブ主義者たちも祖国の伝統に回帰したとき、彼らは何よりもまずキリスト教、それもロシアの伝統に根づいた正教信仰と、それを中心とした農村共同体の精神を見出したからである。初期スラブ主義者は、この正教の精神の中に、西欧に対抗しうる思想的基盤を見出そうとした。

ホミャーコフ——スラブ主義の純粋結晶

アレクセイ・ホミャーコフは、一八〇四年に、モスクワで古い地主貴族の家に生まれた。恵まれた環境で、少年時代から、フランス語、ドイツ語、英語、さらにはラテン語を学び、一八歳のときには軍役につき、一八二八年から二九年の対トルコ戦争にも従軍。軍役を退いたのちには文学、哲学を学び、西欧諸国を数度旅し、スラブ主義の思想を発展させていく。ホミャーコフは西欧派（西欧近代文明をロシアに定着させることこそ時代の進歩だとする思想家たち）とはしばしば激しく論争を闘わせたが、西欧文明には深い敬意を抱き、同時に農奴解放のために尽力した。一八六〇年、コレラで病死する。

ホミャーコフは経歴を見てもわかるように、西欧のさまざまな文化に触れ（多くの西欧崇拝者よりもはるかに現実の西欧を知っていたし原語で西欧思想を読みこなしていた）その素晴らしさを敬愛していた。しかし同時に、ホミャーコフは西欧文化の行き詰まりを次のような詩に詠いあげてもいた。一八三五年に書かれた「空想」という作品である。

「…………
あの威風堂々たる西欧は、どれほどすばらしかったことか！
どれほど長いあいだ全世界が膝を折り、
西欧の高い誉に明るく照らされ、
西欧の前で、おとなしく、ことば少なに黙していたことか……

ああ、天地はじまって以来、大地は自分の上に
あれほど光り輝く巨星たちを、一度として見たことはなかった！
しかし悲しいかな！　時は過ぎ、死の覆いで
西欧全体がおおわれた。かの地では、暗黒が深まるだろう。
……………
運命の声を聞け、新しい光輝のなかで跳び起きよ、
目を覚ませ、まどろんでいる東方よ！」[*2]

ホミャーコフは、西欧の根本的な問題を、近代化の中で起きる、個人の解放や人権の名のもとでの共同体の破壊、そしてその必然としての唯物論や個人主義に見た。ホミャーコフは、人間は共同体、とくにロシア民衆はロシア正教会の信仰共同体の中においてのみ、完全な真理や幸福を達成すると主張した。

「他者との生きた結合をとげる時、はじめて人は自我主義的生存の死の孤独をうち破り、偉大な有機体における生きた機関たる地位を獲得する」[*3]。一見単純な国家有機体説にうつるこの言葉は、ホミャーコフの西欧近代思想への深い危機意識から生まれている。ホミャーコフは、この問題を歴史的に考察しようとした。

古代ローマ帝国は、法律、財産、強大な国家権力を「物神崇拝」する精神、社会を道徳や信仰ではなく力で支配する社会だった。キリスト教は何よりも、この精神を否定し、自由な個々人たちの信仰で結ばれた「愛の共同体」を目指す宗教だったが、ローマ帝国がキリスト教を国教化し、教会が現実の政治権力と結びついたことによって、この権力崇拝の精神がキリスト教内部に持ち込まれてしまった。

こうして権力化したローマ教会は、異端審問や宗教裁判の形で、権力によって個人の良心を統制するという恐ろしい存在となり「愛ではなく従順を、信仰ではなく儀式を」要求するようになった。こうして、各信徒の自由な信仰は収奪され、愛によって結ばれた精神的共同体というキリスト教の理想は失われ、「信仰のローマ帝国」が出現した。

このカトリックへの反抗から生まれたプロテスタントのドイツは、確かにこの権力体制に反抗し、聖書と個々人の信仰に帰ろうとしたが、それは結局、ローマ教皇が独占した権力を各信徒に分配しただけに終わり、キリスト教本来の愛の共同体ではなく、個々人の閉塞した信仰に基づく個人主義を生み出した。この個人主義の行き着く先は、共同体の破壊と個々人の利益を追求する資本主義社会の誕生である。

ホミャーコフは、このような経緯を経て、近代西欧思想が「社会契約」という新しい宗教をつくり出したと考えた。これは「法律の宗教」であり、人間相互の関係を、信仰や共同体ではなく、個々の物質的関係性に集約させてしまう。

ホミャーコフは、このような歴史的経緯を経て生み出されてきた西欧近代思想は、最終的には唯物論と無神論、それも「最も純粋かつ粗野な唯物論」に至るだろうと予言した。ホミャーコフはこの近代思想と、自由民主主義、律法制度、合理主義などを無原則にロシアが受け入れることは、ロシアの伝統的共同体と、それを支える信仰を失わせ、国家と民衆は最悪の事態を迎えると考えたのだ。

ホミャーコフのこの歴史観が、その後の多くのスラブ主義者、そしてドストエフスキーに大きな影響を与えたことは明らかであろう。これは一面的な歴史観であり、カトリック思想への誤解であることはいうまでもないが、重要なのは、ホミャーコフが近代思想の行き着く先は無神論と共同体の崩壊であると確信し、それの防波堤として、ロシアの正教会と信仰共同体を位置づけたことである。

もちろん、現実のロシア正教会は、この危機に抵抗するにはあまりに形骸化していた。ホミャーコフは、危機に抗するためのあるべき教会の姿を、ユートピア的な信仰共同体として描き出した。真の教会は「愛によって結ばれた人々の生きた有機体」[*4]でなければならない。同時に教会は「自己の懐に自由な人間だけをうけいれる」[*5]。それは「信仰の事項において強制された統一とは虚偽であり、強制的服従は死を意味する」[*6]からである。そして「教会のいかなる首長も、それが教職者の首長であれ、また俗権の首長であれ、われわれは承認しない。キリストがその首長であり、他の首長を教会は知らないのだ」[*7]。これらのホミャーコフの言葉には、教会を「愛の共同体」として、あらゆる地上の権力や社会階層から超越したユートピアとして位置づけようとする思想的意志が込められていた。

ホミャーコフは、このように理想化された教会のイメージを、平和愛好的で相互扶助と連帯主義に基づく、理想のロシア農村共同体のイメージと結びつけた。まずロシアは農耕民族であり、平和愛好的で、権力欲や支配欲から遠い相互扶助と連帯主義に基づく農村共同体の価値観に基づいて生活してきたとし、アメリカの黒人奴隷の血を引くプーシキンが、差別もされず偉大な詩人として活躍したのも、ロシアの本質的な平等精神の表れであるとする。

このような歴史観はあまりにもロシアを美化したものだという批判に対して、ホミャーコフは「歴史を知るためには、詩が必要である。（中略）芸術的な、つまり純粋に人間的な真理の感情が必要である」[*8]という言葉で答えた。歴史を単なる文献学ではなく、民族が理想の姿を見出す芸術作品の素材として生かそうとしたのである。

ホミャーコフは、このような共同体を支えるために必要なのは、エゴに結びつきがちな権利の概念ではなく、むしろ義務の神聖さを認識することだと考え、「権利」をめぐっての闘争を引き起こしかねない自由主義や民主主義社会への警告を語った。

「権利について余りに多くを語るな。またそのように語る人に耳を傾けるな。むしろ義務について語る人に傾聴せよ。けだし義務こそが、権利の唯一の源泉だからである」

「自己自身の権利の意識は、強力な人間〔社会的強者〕にとっては何ものをも意味しない。それは、単に彼の意欲を合法化するにすぎないのだ。この意識は、弱い人間〔社会的弱者〕にとっても、同様に無意味である。なぜといって、彼は無力だからである」

「しかし、義務の意識は強者を拘束する一方、弱者の権利を造出し、それを聖化するであろう。利己心は、権利について語る。他方、同胞愛は義務の上に宿る」[*9]

聖なるロシアを求めるがゆえの祖国への激烈な批判

スラブ主義者として、ホミャーコフは理想を語るだけではなく、祖国の問題点を厳しく批判することも忘れなかった。その姿勢がもっとも明瞭に表されたのは、一八五三年に始まったクリミア戦争の際のことである。多くのスラブ主義者は、ドストエフスキーが露土戦争に熱狂したように〝聖戦〟論を高らかに叫んだ。ロシア政府もまた皇帝の勅書として、正教徒の保護とキリスト教社会の防衛のためにロシアは参戦したと宣伝しつづけた。だが、ホミャーコフは、正教社会の擁護とスラブ民族の保護はロシアの歴史的使命であるという主張は他のスラブ主義者たちと同じだったが、その使命は神からスラブ民族に授けられたものであり、まずロシア帝国自身が国内の社会矛盾を解決し「身を清める」こと、と同時に、その使命を謙虚な精神で受けとめ、他民族支配の欲望や自らの力を誇る傲慢さを廃する姿勢をもつことが前提だと考えたのである。

ホミャーコフは戦争勃発の一八五三年「外国人の友への手紙」という論考で高らかに〝聖戦〟を訴えた。トルコで現実にキリスト教徒たちが弾圧されているのに、西欧諸国、とくに英仏はトルコの味方をしている。ローマ教皇も、犠牲者がカトリック教徒ではないことから、一言もこの問題に対し語ろうとしない。しかし、ロシアの国民は、国家の栄光や侵略による領土拡大のためではなく、同胞である正教徒を救うという「義務」のために戦争に立ちあがっているのだ。「戦争は、前者の場合は罪深く、後者の場合は神聖となります」「人間の血は貴い。戦争は恐ろしい。しかし、神の決定は推し量れません。義務というのは、どれほど重かろうと遂行されねばなりません」*10

しかし、これはあくまでも、愛国者ホミャーコフとしての対外的な〝聖戦〟論である。まったく同時期に書かれた「ロシアに与える」という詩に対しては、国内では、称賛の声とともに、このような戦争のさなかに祖国を批判するとは、ホミャーコフは非国民だという非難の声があがった。

「……………

立て、わが祖国よ
兄弟たちのために！　神がおまえを呼んでいる、
（中略）

だが忘れるな、神の道具となることが
地上の被造物にとって困難なことを。
自分の奴隷たちを、神は厳しく裁きたまう。
ああ！　おまえの上には、なんと多くの
恐ろしい罪が積もっていることか！

おまえは裁判の黒い不正で黒ずみ、
奴隷制度のくびきで烙印を押されている。
恥知らずな追従、腐敗しきった虚偽、
死のような恥ずべき怠惰、
その他、ありとあらゆる醜悪さに満ちている！

ああ、選ばれるに値せぬ
おまえが選ばれたのだ！　すみやかに自分を洗い清めよ
懺悔の水によって。
倍する罪の雷鳴が
おまえの頭上にとどろかないように！
……………」[*11]

ホミャーコフはこの詩について「やむにやまれず書いた」ものと語り、偉大で危険な奉仕（クリミア戦争）に乗り出すときにこそ、自分の弱点や欠点をよりよく理解する姿勢が必要だと主張したが、多く浴びせられたのは非難の声だった。しかし、ホミャーコフは「権利」よりも「義務」を重んじる姿勢からも、また、神の使命を授かった民族ほど謙虚さと己の罪に自覚的でなければならないという信念からも、ロシア帝国の現状を無視して〝聖戦〟論のみを謳うわけにはいかなかったのである。そして、クリミア戦争は事実上ロシアの敗戦に終わる。早すぎた最晩年、ホミャーコフは「セルビア人へ、モスクワからの使書」という文章を遺して世を去る。これは、まさにホミャーコフが託したロシアへの遺言となった。

「すべての栄光とあらゆる成功に伴って生じる第一の、しかも最大の危険は傲慢である……」

「西欧文明の影響が古代ロシヤの生活の構造を歪曲するにいたるや、われわれは、それなくしては個人も国民も神の恩恵にあずかることのできないところの、神への感謝と謙譲の念を忘れ去った。……軍隊を増強し、国家収入を増大し、他国民を威嚇し、時に不正な手段を弄して自己の領土を拡張すること、――これがわれわれの欲求となった。正しい裁判を行い、強者の暴力を制圧し、弱者と無力者を守護し、習俗を清め、精神を高揚すること、――これらは、われわれに無用無益な業と思われるようになった」

「――あの正義の戦争〔クリミア戦争〕すら、われわれには罰となった。神は汚れた手の持主に、純正な事業を成就することを託さなかったのだ。……わが国の矯正のためにわれらを懲らしめ給うた神に感謝を捧げよう。今やわれわれは、自己欺瞞の卑しさを知った」

「疑いもなく、物質的な力を誇ることは、知的傲慢や精神的慢心よりも、……より一層卑しむべきことなのだ[*12]」

ホミャーコフは、当時のロシア帝国の傲慢さは、本来ロシア民族がもっていたはずの謙虚さや信仰を、ピョートル大帝以後の近代化が失わせ、西欧近代の帝国主義の論理、力による支配と侵略を目指す姿勢がロシアにもち込まれてしまったからだと説いた。そして、彼は権力から限りなく遠いところにある、民衆の信仰共同体を守ることが、近代化による堕落を防ぐ唯一の道と信じて、もっとも純粋なスラブ主義を唱えたのである。

わたしたちはこのような思想を、宗教的幻想にとらわれた前近代のユートピア政治思想とみなすことに慣れてしまっている。しかし、逆にホミャーコフの側から見れば、政治や人権の問題を宗教的価値観から切断する近代的思想こそ、もっとも危険な「粗野な唯物論」なのである。その果てにある現代が、ホミャーコフの時代よりもはるかに「傲慢」な大国に満ち、自己欺瞞の限りを尽くしている現状を思うとき、スラブ主義の純粋結晶というべきホミャーコフのユートピアは、今もなおその美しさと魅力を失ってはいない。

ダニレフスキーと汎スラブ主義

クリミア戦争敗戦後、ロシアのポーランド制圧などを経て、一八六〇年代以後、新しい世代のスラブ主義思想家が生まれてくる。彼らは、ホミャーコフらの世代がヘーゲル哲学やドイツロマン主義の影響を強く受けていたのに対し、西欧近代科学を学び、とくに進化論や実証主義の影響を受けていた。同時に、クリミア戦争以後、ドイツの統一がロシアに対し新たな仮想敵国の出現となったことなどから、ロシアを頂点とするスラブ民族の団結によってこれに対抗しようとする汎スラブ主義が誕生する。ホミャーコフはクリミア戦争の敗北に神の意志とロシアの精神的復興の必要性を見たが、新たな世代のスラブ主義者は、軍事的に西欧に対抗するためにはスラブ民族の団結しかないという現実的な勢力関係を見出した。

このような後期の汎スラブ主義者の典型というべき存在が、ニコライ・ダニレフスキーである。ダニレフスキーは一八二二年に生まれ、ペテルブルク大学に生物学を学び、植物学の学位を受けたが、一八四九年、ドストエフスキーとともにペトラシェフスキー事件で逮捕された。彼もまた若き日、社会主義にシンパシーをもつ青年の一人だったのだ。幸いにもダニレフスキーはシベリア流刑を免れ、のちに政府専属の魚類学者となり、地味な官吏として生涯を送り、自然科学や言語学、歴史学などでいくつかの著書を発表し、一八八五年に病死した。

ダニレフスキーの著作のうち、もっとも大きな影響を与えたのは、一八七一年に出版された『ロシアとヨーロッパ』である。本書は、出版当時はほとんど話題にはならなかったが、露土戦争以後しばらくして再評価され、いわゆる汎スラブ主義のバイブルともなった。ドストエフスキー自身『作家の日記』で、本書を高く評価している。

ダニレフスキーの書が、先述したホミャーコフら初期スラブ主義者とまったく異なっていたのは、西欧文明に対する敬意や愛着をほとんどもたず、各民族の文化文明はそれぞれ独自の価値観をもち、まったく別の形で発展していくという相対主義的な視点から出発していることだ。まずダニレフスキーは、歴史学が一般に使う「古代・中世・近世」という区分を否定する。これこそが、ローマ帝国の歴史や文化を人類すべてに当てはめようとする、ヨーロッパ中心史観にほかならない。

たとえば、歴史家はよく古代ローマ帝国の崩壊を「古代の終わり」とし、そこからの時代区分を中世に分類する。しかし、これはローマ帝国にとって大事件であったにせよ、たとえば中国やインドにとってどんな意味があるというのか。ダニレフスキーはこのような例をあげ、そもそも、全人類を合理的に区分できるような分類法は存在せず、それぞれの民族が独自の古代、中世、近世という発展段階をもつとする。

ここから、ダニレフスキーは「文化歴史類型」という独自の歴史理論を導き出した。つまり世界史とは、多種多様の民族による文化歴史類型が出現し、独自の発展を遂げ、時には衝突し、また衰退していくという過程を繰り返す状態を指す。それぞれの文化歴史類型は、本質的には各民族の特性に根差しているため、他の文化歴史類型からは影響を受けない。この文化歴史類型に価値の上下をつけることは無意味であるが、それぞれの文化歴史類型はもっともふさわしい創造的価値を実現する。たとえばギリシャは美を、セム族は宗教を、ローマは法律と政治的組織を、中国は実利的なるものを、インドは神秘主義を、そして西欧は科学を最高度に発展させた。そして、どんな文明も、生物同様、生まれ、成長し、やがて衰えていくことは避けられず、文化歴史類型も、発生から消滅に至る歴史をたどる。

ダニレフスキーは、ロシアおよびスラブ社会も、西欧とはまったく別個の、自らの文化歴史類型をつくり上げ発展させなければならない、そうでなければ、何ら歴史に積極的な役割を果たせず、他の文化歴史類型に滅ぼされるか従属するしかない存在に終わるだろうと説き、まず、次のように西欧とのあらゆる意味での分離を宣言した。

「〔文化歴史類型の観点から〕ロシヤはヨーロッパに属するであろうか？　残念なことであろうとなかろうと、また幸福であろうとなかろうと、否である、ロシヤはそれに属さないのだ」「ロシヤはヨーロッパの善にも悪にも関与しない」*13

そして、ダニレフスキーは、西欧文明は「科学的に」すでに衰退の状況にあると確信していた。西欧の絶頂期は、一六・一七世紀、ダヴィンチ、ミケランジェロ、ラファエロ、シェークスピアが生き、ガリレオ、ベーコン、デカルトたちが科学を切り開いた時代であり、その後の時代は彼らを引き継ぎ発展させたにすぎず、今や西欧文明は衰退の道へ向かっている。しかしダニレフスキーは、スラブ民族は、まさにこれから文化歴史類型を発展させる段階に来ているのだとみなした。

ダニレフスキーは、ロシアが発展しうる要因として、以下の四つをあげた。

まず、ロシアが広範な領土をもつ大帝国であること。第二点は、国家権力が強靭であり、かつ国民が、西欧と違って政治権力に興味をもたず、混乱や革命が起きないことによる安定があること。第三点は、歴史の表舞台に出たのはごく最近である若い民族で、文化面でも科学面でもこれから発展しうる余地が大いにあること。そして第四点は、これは第二点と密接な関係があるのだが、ロシア社会の経済が、西欧に比べ「健全」であることをダニレフスキーは指摘した。

「ロシアは、政治的革命が一度も起きたことのない[*14]」国家で、その理由は、西欧のような、あらゆる保証を奪われた貧困層が存在しないところにある。そして、農村共同体が土地を所有することによって、農民が土地に密着して生活しており、しかもそのことに満足していること、それが社会の健全性をもたらしている。このことをダニレフスキーは「ロシアは、足の下に基盤を持っている唯一の巨大な国家[*15]」と表現し、そこでは土地を奪われた大衆は存在しない、だからこそロシアは革命を必要とせず、社会体制は確固不動のものとして安定しているのだと主張した。

そして、衰退への道をたどる西欧諸国が、このロシアの強靭さをうらやみ、かつ恐怖心を抱いている。だからこそクリミア戦争で、英仏は異教徒であるトルコに味方してロシアと正教徒を敵とみなしたのだ。ダニレフスキーは、そうであるからこそロシアとスラブ民族が文化歴史類型として歴史に登場するために、一致団結して西欧諸国の圧力をはねのけなければならない、そのための戦争を覚悟しなければならないと説いた。クリミア戦争の敗戦という経験から、ロシアは一国だけの力では西欧諸国連合とは戦えないことがわかった。だからこそ、スラブ諸民族の大同団結「全スラブ民族連邦」が必要であり、その首都は回教国であるトルコから奪還したコンスタンチノープルにおかれなければならない。

ダニレフスキーの『ロシアとヨーロッパ』は、このような論旨を展開し、汎スラブ主義、ロシアを盟主とした全スラブ民族連邦が西欧に対峙するという思想のバイブルとなった。彼の論、とくにその歴史発展論の部分は、のちに『西欧の没落』を書くシュペングラー、またさらに後世のトインビーの歴史観を先んじ、その冷静な文化相対主義には、のちの文化人類学者を連想させるものすらあるが、基本的には疑似科学的な歴史観にすぎない。そして、彼の思想は、結果として、ロシア帝国が他のスラブ民族を支配することを正当化する、ロシア帝国主義のイデオロギーとして機能することとなったことは否めないだろう。

しかし、彼の主張が説得力をもったのは、初期スラブ主義者にあった観念論や理想主義、信仰や伝統的価値観への思い入れなどを廃し、自然科学的なアプローチをとって若い世代を引きつけたからである。ホミャーコフらが活躍した一八四〇年代、五〇年代のロシアは、まだ強力な専制体制がしかれ、自然、知識人たちは現実的な問題よりも、観念的、理想主義的な議論に向かっていった。しかし、クリミア戦争敗戦後に生まれた世代は、アレクサンドル二世が農奴解放を含め一定の近代的改革を自ら打ち出したこともあり、観念論よりも現実の改革、社会実践を目指し、そのためには実証主義や科学的な理論こそ重要と考えるようになった（ツルゲーネフが小説『父と子』で描いたのはこのテーマである）。そして、ホミャーコフのような貴族と違い、この世代を生み出したのは、官吏、商人、聖職者などさまざまな「雑階級」出身の人々で、近代化の中で生まれてきた新しい世代でもあった。彼らは当初から、ロシアの伝統というものから切り離されつつあったのであり、その思想や行動は、ある意味、西欧近代の帝国主義の裏返しとしての側面をもっていた。

ダニレフスキーの本はそのような新しい時代、しかも、露土戦争という新たなロシアと西欧の激突の時代に評価されたのである。そして、西欧的価値との絶縁、強力なロシアとスラブ民族の連邦という夢は、ある意味ソ連時代、また、現在のプーチン体制にすら引き継がれているように見えなくもない。

ドストエフスキーとスラブ主義

ドストエフスキーにやや先行して生きたホミャーコフ、ほぼ同世代というべきダニレフスキーの思想を読むだけでも、ドストエフスキーとスラブ主義の思想的類縁性は明らかである。ホミャーコフの西欧文明批判、とくにカトリック批判はそのままドストエフスキーに引き継がれたといってよいし、ダニレフスキーのコンスタンチノープル領有論も、ロシアと西欧との断固たる対決という姿勢も、表面上はドストエフスキーその人の文章かと見まごうほどだ。

しかし同時に、ドストエフスキーと彼らの間には大きな相違点があることも確かである。ホミャーコフの描くユートピアとしてのロシア正教や農村共同体は、ドストエフスキーから見れば、トルストイとは逆の意味で、民衆像を理想化し、現実のロシア民衆の実態を見ないものと映ったはずだ。

また、クリミア戦争の際、ホミャーコフはロシアの問題点を厳しく批判する詩を書いた。ドストエフスキーは、露土戦争を徹底的に民衆の側に立って〝聖戦〟とみなした。この違いは、ホミャーコフが、きわめて公正な視点をもっていたことを示すとともに、彼は民衆の熱狂とは無縁の場所に生きる貴族階級の知識人であったことを表す。西欧近代の価値観に対抗する姿勢も、ホミャーコフはあくまでロシアの知識人として、彼の考えるロシアの伝統的価値観の基盤に立った上での抵抗だった。ドストエフスキーにとって、そのような基盤はすでにない。もはや近代化が不可避な状況の中、追い詰められていくロシアの民衆精神にこそドストエフスキーは抵抗の基盤を見出した。それは、ホミャーコフの描くような静的な信仰共同体に生きる民衆ではなく、時として悪にも走り、偏見も抱き、知識人からは愚昧に見られても、その内面に最後の救いとしての信仰を抱き、あるきっかけがあればすべての秩序を越えて立ち上る地鳴りのようなロシア民衆の姿だった。ドストエフスキーにとって初期スラブ主義は、美しくはあっても、やはり実際の民衆とは無縁の、貴族階級の頭脳の中だけにある民衆像を理想化したものだった。ドストエフスキーが、ロシア知識人は、民衆を愛する、民衆の味方であるといいながら、現実のロシア民衆が自分たちの思い描くものと違う姿を見せれば直ちにそれを否定してしまう、スラブ主義者ですら同じだ、と述べたときに、おそらく初期スラブ主義者の民衆讃美をどこか念頭においていたにちがいない。

ダニレフスキーもまた、ロシア民衆の実像にほとんど関心をもたず、農村共同体を評価するときも、それがロシア国家の「健全な社会経済的基盤」であるという視点しかもとうとしない。ドストエフスキーはロシア国家の〝聖戦〟を讃美したが、同時に、民衆を単に国家の基盤として見たことはなかった。むしろ、露土戦争に立ちあがったロシア民衆は、帝国政府の〝聖戦〟理念を越えて、自らの内面の声に従ったのである。そして、ダニレフスキーにとって対トルコ、対西欧戦争は、全スラブ民族連邦による西欧への勝利を目指すものだったが、ドストエフスキーがそのような政治的解釈をことごとく退け、この戦争を非政治的な、民衆次元の覚醒運動という視点でしか見ようとしなかったことは今さら繰り返す必要はあるまい。

この二人以外にも、ロシアのスラブ主義は興味深い思想家を多数生み出した。とくに、ダニレフスキーを引き継ぎつつ独自の「保守反動」思想を打ち立てたコンスタンチン・レオンチェフは、一九世紀思想史の中でもユニークな魅力と現代性を有している。しかしここでは、ドストエフスキーとの共通性をもち、かつ、根本的なところで相容れない特徴をもっとも明確に示すホミャーコフとダニレフスキーを取りあげた。彼らの思想には、ロシアが一九世紀をいかに生きてきたかという歴史そのものが反映し、また、近代化に保守思想家が挑むときの典型的な二つの姿、前近代社会の理想化によるユートピア主義と、一定の近代主義を受容した上での政治的な抵抗姿勢とが現れているように思える。これは、日本の近代史を見る上でも、きわめて深い共通性をもっているのではないだろうか。

ドストエフスキーの『作家の日記』にちりばめられた政治的、思想的言説は、ロシアのスラブ主義に多くを負っている。しかし同時に、ドストエフスキーはより深く、ロシアの実際の民衆精神とは何かをたどり、その先に、ロシアを越えた普遍的な世界観を見出そうとしていた。その姿勢がもっともよく表れたのが、最晩年のプーシキン生誕祭講演会である。ここでドストエフスキーは、とくにホミャーコフの夢見た初期スラブ主義の理想を、当時のロシアの中で蘇生させ、西欧近代とロシアの精神をより高い次元で結合する道こそがロシアの目指すべき道であることを宣言した。

次章および最終章では、まずドストエフスキーの西欧への深い敬愛の念を、彼が愛したジョルジュ・サンドとミゲール・セルバンテスの中に読み取るとともに、『作家の日記』の一つの結論というべき、ドストエフスキーが同じロシアの文豪プーシキンを論じた講演録に示された世界観について読み進めていく。

第九章　ドン・キホーテとジョルジュ・サンド

ドン・キホーテ——政治における道義性

ドストエフスキーは『作家の日記』において、ロシアの歴史的使命や民衆の美しい精神をたたえ、西欧近代の悪を、やや過剰なまでのどぎつい表現で批判してきた。しかし同時に、彼がほかの多くのロシア知識人同様、いかに西欧の文化に深い感銘を受け、影響を受けていたかを忘れてはならない。だからこそ、ドストエフスキーは次のように書いたのだ。

「われわれロシヤ人には——ふたつの祖国がある。わがロシヤの国とヨーロッパである。自分はスラヴ主義者であると称している場合でも、この事実に変わりはない」[*1]

「繰り返して言うが、ヨーロッパの詩人、思想家、博愛主義者は誰でもみな、その母国を除けば、全世界のどの国よりもこのロシヤで、いちばんよく、最も親しみ深いものとしてつねに理解され、受け入れられてきたと、わたしは断言してはばからない」[*2]

わたしはこのような文章に、ある哀切さと親近感を抱く。まさにわたしたち日本においても、明治近代以後の知識人は同じ思いを抱いてきたのではないだろうか。

そして、ドストエフスキーが『作家の日記』で触れている西欧文学の中で、もっとも深い敬意と愛情を示しているのは、『ドン・キホーテ』の作者として有名なスペイン人作家ミゲール・セルバンテスと、フランスの女性作家ジョルジュ・サンドである。まずドストエフスキーは、セルバンテスに対しては、作品以上にこの夢見る理想主義的な主人公ドン・キホーテを、政治の場では馬鹿にされがちな、しかし、決して失ってはならない道徳性の象徴として高く評価している。

「あれは誰であったか、確かハイネではなかったかと思うけれど、彼は、子供の時分、ドン・キホーテを読んでいて、軽蔑すべき常識家の床屋で外科医のサムソン・カラスコに、彼が打ち負かされたところまでくると、涙を流して泣いてしまったと語っている。世界じゅうどこを探してもこの作品より深遠で力強いものはない。これはいまのところ人類の思想の最も偉大な、そして究極の言葉である。これは人間が表現しうるかぎりの、最も辛辣な皮肉である。そこでもしもこの世に終わりがきて、まあ、あの世のどこかで、『どうだね、地上でのお前たちの生活が分かったかね、それについてお前の引き出した結論は？』とたずねられたならば、『これがわたしの人生についての結論です――こんな結論を引き出したということであなたはわたしを非難することがおできになりますか？』と、黙ってドン・キホーテを差し出すこともできようというものである[*3]」

この文章は、一八七六年にスペインの王位継承戦争に敗れ、イギリスに亡命したドン・カルロスや、フランスのブルボン王家の後継者で、革命を拒否して亡命地で死んだシャンポール伯爵について書かれた論考の中に登場する。この論考においてドストエフスキーが、当時ですらやや滑稽で時代遅れの存在とみなされていた旧王家について、独特の好意を寄せていることは興味深いことである。そして、彼らをドン・キホーテになぞらえているのは、現実政治の世界で理想や信念を貫いて生きようとすれば時代遅れの夢想家として、さらにいえば滑稽な存在として「リアリスト」に葬られるのだというドストエフスキーの絶望的な確信が込められていた。ここでも、現実の旧王家の反動性や堕落などを指摘してドストエフスキーを批判することは無意味である。近代社会においては、政治外交に理想や道徳を求めることは嘲笑の対象でしかないことを理解した上で、その現実を絶対に認めないというドストエフスキーの信念をくみ取るべきなのだ。

ドストエフスキーは、トルコによる同じキリスト教徒への虐殺に対し、何ら行動を起こさない西欧諸国の姿勢を、もしも戦争などという事態になれば、結果として戦後発生する諸問題や、国内で予想されるさまざまな政治的混乱を引き受けざるをえず、その犠牲に比べれば、現時点での虐殺を看過することはやむをえない、という現実政治の論理によるものとみなした。ドストエフスキーはこの論理を次の一言で要約する。「一個人にとっては――卑劣とみなされる行為も、国家全体のことになるとこの上なく偉大な英知になることもありうるのだ[*4]」。

しかし、そのあとすぐにドストエフスキーの激烈な拒絶の言葉が続くのだ。「永久に呪われるがいい！」「ヨーロッパではなにをやろうと勝手だが、われわれのほうには別のやり方があるのだから任してもらいたい。悪業が野放しにされていると知りながら、自分は幸福であると感じるよりは、幸福は悪業によって買えるものではないと信じるほうが、まだましというものである[*5]」。そしてドストエフスキーは、ロシアはつねに、ウィーン体制をつくり諸国のパワーバランスの中で平和を実現しようとしたメッテルニヒのようにではなく、あくまで政治の場において、滑稽といわれようと、現実主義者に一時は打ち負かされようと、ドン・キホーテとして行動することを宣言するのだ。

この姿勢もまた、日本のアジア主義の源流、西郷隆盛の次の言葉に通ずるものである。

「談國事に及びし時、慨然として申されけるは、國の凌辱せらるゝに當りては、縦令國を以て斃るゝ共、正道を践み、義を盡すは政府の本務也。然るに平日金穀理財の事を議するを聞けば、如何なる英雄豪傑かと見ゆれ共、血の出る事に臨めば、頭を一處に集め、唯目前の苟安を謀るのみ、戰の一字を恐れ、政府の本務を墜しなば、商法支配所と申すものにて更に政府には非ざる也[*6]」

西郷隆盛は、政治とは利害調整のみを目的とする「商法支配所」であってはならない、「正道を践み、義を盡す」ことこそが重要で、そのためには国が斃(たお)れてもよいという「道義国家」を目指していたからこそ、近代化を目指す明治政府と敗北覚悟で戦わねばならなかった。これは単なる理想主義や、西郷の場合は儒教的武士道、ドストエフスキーの場合は正教の理念に基づく価値観を政治に反映させただけのものではない。近代は必ず、国家からも、同時に個人からも絶対的な道義的価値観を失わせ、政治であれ人間関係であれ、すべてを利害調整の次元に落とし込んでしまう、それは必ず社会に大きな欠落をもたらし、人間精神を荒廃させるという確信においてこの二人は共通していたのだ。

ドストエフスキーは、ドン・キホーテも決して「計算」をしないわけではない、国益を考えないわけではない、しかし、その意味がいわゆる現実政治の論理とはまったく違う次元にあるのだと述べる。政治の場においても、かつての騎士のように正義、理想、名誉を基盤として押し通せば、それは結局国民にとって最良の結果をもたらすのだ。そうでなければ、国民はすべてニヒリズムとシニシズムの中に埋没してしまう。

ドストエフスキーは、今、西欧はまさにその危機にあると考えた。自由や平等といった近代的価値観を無制限に拡張し、民主主義と合理主義を推し進めれば、その行きつく先は「完全な平等」による私有財産制の否定、「完全な自由」による無神論、家族解体、国家解体に至り、その価値観を認めない人々を徹底的に弾圧する絶対的統制社会を逆に生み出すのだと予言した。周知のように、この予言は西欧ではなく、ロシアにおいてスターリン時代に、あるいはアジアで中国、北朝鮮、カンボジアなどで実現してしまう。だが、そのような歴史の皮肉は別として、ドストエフスキーが、近代的価値観の暴走にブレーキをかけるために述べた次の言葉には、今も変わらぬ真理が宿っている。

「現在の世界の様式では自由は放埓の意味に解されている。しかしながら真の自由は自分自身と自己の意志の克服する行為の中にのみあるのであって、そうすれば、いついかなる瞬間にも自分自身に対して本当の主人になれるような、そうした精神状態についには達することができるのである。ところが欲望を野放しにすることは諸君を奴隷状態に導くにすぎない[*7]」

この文章に続いて、ドストエフスキーは、自由と平等について彼独自の基準を提示した。近代人の「自由」とは、財産を有しているか否かによってのみ保証される「金銭の奴隷」状態にすぎない。真の自由とは、もっているものをすべて人に分け与える、他者に奉仕する精神をもつことによってのみ得られると述べた。さらに、現代における平等とは、他者への羨望や嫉妬、自分より才能や財産等で恵まれている人間を引きずり下ろしたいという願望の上に成り立っている、真の平等とは、他者への愛と敬意の上に成立する。後者の「平等」についての指摘は、どこか太宰治が戦後『斜陽』の中で記した、滅びゆく貴族の若者が語る戦後の平等主義を象徴する「人間は、みな、同じものだ」という言葉への激しい拒否感（若者は自殺する直前の遺書で、この言葉こそ奴隷根性だ、なぜ、「優れている」人間がいることを認めないのだ、と激しく批判する）を思い起こさせるものがある。ドストエフスキーのこの言葉をキリスト教的なお説教と笑い飛ばせるとは、少なくともわたしには思えない。ドストエフスキーにとって、ドン・キホーテとは、どんなに喜劇的に見えても世界が決して失ってはならない、精神の貴族と理想主義の象徴であった。

ジョルジュ・サンド——気高い羊飼いの娘ジャンヌ

二〇〇四年、ジョルジュ・サンド生誕二〇〇周年を記念して、サンドの代表作が次々と藤原書店から出版され、ようやくわが国でもこの作家の全体像を掴むことができるようになった。

正直、これほど偉大な作家とは思わなかったというのがわたしの偽らぬ感想である。キリスト教の歴史における正統と異端をめぐる根本的問題をえぐった宗教哲学小説『スピリディオン』から、民俗学、時としてアナール学派の歴史研究を思わせる、フランス各地域の神話、伝説の古層に分け入った幻想小説に至る広範な文学活動は、サンドが同時代のバルザックやユゴーなどに引けを取らぬ文豪であったことを雄弁に物語っている。
ドストエフスキーもまた、『作家の日記』一八七六年六月号で、「ジョルジュ・サンドの死」とそれに続くサンド論にて、最良のヨーロッパ知性と博愛精神の持ち主としてこの作家を高く評価している。そしてこのサンド論からは、ドストエフスキーが近代西欧の思想を批判しつつも、サンドの文学とその生涯の中に、西欧の側から近代を乗り越えようとした知識人の姿を見出していたことが読み取れる。

まずドストエフスキーは、しばしばサンドに対し寄せられるスキャンダラスなイメージ、たとえば男装の麗人、女性解放の象徴、また恋多き奔放な女性などのレッテル貼りは、その文学とはまったく別次元のものであることを強調した。サンド文学は「この上もない清らかさと、物語のきびしい、控え目な調子のつつましい魅力[*8]」に満ちており、それこそが読者の心を打つのだ。

「彼女のヒロインの多くは、すくなくともその何人かは、この上なく高邁な道徳的純潔さ、(中略)憐れみとか、忍耐とか、正義の中に最高の美があることを理解し認識しているのでなければ、とうてい想像することも不可能な清らかさを身につけた人物の典型なのであった[*9]」。サンド文学のヒロインたちは、高すぎる自尊心や、時としてうぬぼれの印象を見せることもあったが、それは、他者と比べて自分を高見におくような次元の低い感情ではなく「不正や悪行とどうしても妥協できない、最も純粋無垢な感情[*10]」に根差したものであり、慈悲や寛容と何ら矛盾するものではなかった。

このようなサンド論を読んでいると、まるでドストエフスキー自身がその作品で描き出したヒロイン像について語っているかのようにすら思われるが、この二人の作家は、従来考えられてきたよりも、はるかに深い共通性をもっているように思われる。そして、ドストエフスキーがサンドの作品の中でもっとも高く評価したのが、農村の娘を主人公にした長編小説『ジャンヌ』だった。

この小説は一八二〇年代の王政復古の時代、フランス中部のベリー地方の、ケルト文明の信仰や文化伝統の名残を色濃くとどめた農村を舞台に、新興ブルジョアジー、イギリス貴族、そしてフランス貴族の青年たちと、文盲で無学だが、限りなく純粋な精神と、伝統に根差した知恵を兼ね備えた羊飼いの娘、ジャンヌをめぐる物語である。

「現代の百姓娘の中に彼女は突如として歴史上の人物であるジャンヌ・ダルクの姿をわれわれの面前で復活させ、この壮大で奇蹟的な歴史の現象が現実に可能であることをはっきりと実証して見せたので、——これこそまさにジョルジュ・サンドにうってつけの課題であった。なぜならば、その同時代の詩人たちの中で、彼女以外には、おそらくひとりも、汚れを知らない少女のあれほど清らかな理想、——清らかであると同時に、汚れを知らないだけにあのような威力をそなえた理想を、自分の心の中にいだいていたものはいなかったに相違ないからである」[*11]

さらにドストエフスキーは、サンドが描き出したジャンヌを、大いなる犠牲的精神が求められればそれを迷うことなく受け入れ「私心を棄て、献身的に、しかも恐れる色もなく（中略）この上もなく危険な運命の分れ目となる一歩を踏み出す*[12]」点で、まさに現代によみがえったジャンヌ・ダルクだとたたえる。

しかし、サンドが描き、ドストエフスキーが読みとったジャンヌ・ダルクの精神とは、通俗的な「ジャンヌ・ダルク＝救国の乙女」のイメージからははるかに遠い。この小説におけるジャンヌは、一人の農村の娘にすぎない。ジャンヌは、羊の番をしているうちに眠ってしまい、いたずら好きの若者たちが遊び心で彼女の手の中にこっそり置いた三枚の硬貨を、ファド*[13]からの贈り物、また誘惑のしるしと受けとめる。

これは、実際のジャンヌ・ダルクが「フランスを救え」という神の声を聞いたと確信したのと同様、日常生活がそのまま信仰や自然界の神秘とつながっていた前近代の精神をこの純朴な娘が宿していたからだ。超自然的な事象を神のしるしと受けとめ、自然界には目に見えなくてもあらゆる精霊や妖精が存在していると信ずる、いや、その実在を感じ取る能力をもっている点が、この小説の主人公ジャンヌとジャンヌ・ダルクの本質的な共通性なのだ。そして、わたしたちは次のようなサンドの文章が、ドストエフスキーがロシア民衆に見出そうとしたものときわめて近い視点であることに気づくだろう。

「彼女〔ジャンヌ〕が信じる田舎の迷信はドルイド僧たちの信仰からまっすぐに彼女に伝わった。この教義の神髄はほとんど知られていない。教義をけがし、歪曲した罪悪〔ドルイド僧侶が儀式として用いたといわれる人身御供を指すものと思われる〕によってのみ判断されたからだ。聖母マリアと気高いファドが、エプ＝ネルの羊飼いの娘の詩情にみちた原始的な想像力の中で奇妙に一体となっていた」

「彼女が地上の不平等を受け入れているそのあきらめの中におそらく、何か原始的な、古代のものがあった。だが、このあきらめの中に気が弱く、臆病なものは少しもなかった。お金の価値を知らず、欲望もなく、生活の中に魂の喜び以外の喜びがあることが理解できないジャンヌは他人の富や権力によって、自分の幸福の取り分が奪われはしなかった」[*14]

ジャンヌは、古いケルト文化に基づく、すでにこの一九世紀初頭でも迷信とされていた土俗的な信仰を、キリスト教と同様に信じている。いや、彼女や村人の中では、これらは分かちがたく結びついているのだ。そしてサンドもまた、ドルイド教が魂の不滅に対する永続的な信仰に基づく偉大な古代信仰であり、キリスト教もまたそこに根差していることに触れている。キリスト教以前の異教の世界観をロマンティックに、また神秘主義やオカルティズムの視点から描くのは一九世紀ロマン主義文学にしばしば見られた視点だが、サンドはそのような通俗的な描き方を避け、次のようにこの信仰の本質に触れている。

「ドルイド教がシバ教と同じく、神の三位一体と魂の不滅に対するおごそかで永続的な信仰に基づいていたこと、この信仰こそすべての偉大な宗教の原理であり、キリスト教はその展開にすぎないことは知られている*15」

この言葉は、ドルイド僧、つまり古代ケルト文明という、カトリックが邪教として否定し撲滅しようとしてきた古代精神、とくにケルトの宗教における自然崇拝、霊魂不滅と輪廻転生などへの深い敬意と正当な評価である。そして、サンドは明言してはいないが、羊飼いの娘ジャンヌとその信仰の中には、異端として滅ぼされたキリスト教カタリ派と共通する世界観も感じられる。だが、近代人であるこの小説の多くの登場人物には、ジャンヌの語る言葉は単なる迷信としか思えない。彼らは、ジャンヌが信じているさまざまな奇蹟や、ファドからのお告げは実は根拠のないものだと説得しようとするが、ジャンヌは意に介さず次のように答える。

「学問のある皆さんには皆さんの考えがあり、わたしたちにはわたしたちの考えがあります。

わたしたちは単純です、確かに。でも、わたしたちが昼も夜も暮らしている田園で、皆さんには見えないもの、皆さんの知らないものがわたしたちには見えるのです。わたしたちをこのままほうっておいてください。皆さんがわたしたちを変えようとなされば、そのことがわたしたちに不幸をもたらすからです[*16]」

『ジャンヌ』という小説全体が、この娘の言葉の正しさを証明している。前述したように、小説冒頭、ドルイド教の聖地の岩場で眠っていたジャンヌの手の中に三枚の硬貨をこっそりと置いた三人の青年のいたずらを、目覚めたジャンヌが、この硬貨をファドたちからの贈り物と信じ込んだことが、物語の根底をなす。ジャンヌは二〇フラン金貨を、身を滅ぼし堕落させる恐ろしい呪いとして地中に埋める。そして、五フラン銀貨を教会の献金箱へ、もっとも安い五スー硬貨（一スー＝一フランの1／20）を、よきファドから贈られた守り神としてロザリオにつけ、肌身離さず大切にする。

ジャンヌの母は、娘からこの話を聞き「この硬貨は幸福と名誉の印だよ。意地悪な妖精が金貨でお前を誘惑しようとしたのを見て、おまえを守ろうとおまえの手の中にこの小さな白い硬貨を置いたのは親切なファドだよ[*17]」と教える。その硬貨には、彼女の母が敬愛するナポレオンの肖像画が彫られていた。

ジャンヌやその母がナポレオンを敬愛するのは、侵略軍であるイギリスから故郷を救った「気高い羊飼いの娘」ジャンヌ・ダルクと、同じくイギリスと戦ったナポレオンが同じイメージで重ねられているからである。このナポレオンも、フランス革命によって成立した近代国家の象徴的英雄の姿ではなく、むしろ古代・中世の神話的英雄として描かれている。

ジャンヌは、自らもジャンヌ・ダルクと同じ「気高い羊飼いの娘」として、素朴な反英感情や愛国心を語るが、パリも、その他フランスの代表的な都市も知ることなく、これまでの生涯のほとんどを農村ですごしてきたこの娘にとって、愛する祖国とは近代国家としてのフランス共和国でもなければ復活したルイ王朝が治めるフランス王国でもない。ジャンヌにとっての祖国とは、異教とキリスト教の不思議な調和の上に成り立っているこの土地の文化伝統信仰に根差し、黙々と時代を越えて生を営んできた民衆の共同体のことである。そして、この共同体を破壊するものは、そのような信仰を迷信とみなす近代的知識人の傲慢さと、生の価値を経済的豊かさで測ろうとする資本主義社会の価値観なのだ。

ドストエフスキーがどれほどこのヒロインに感動したかは想像にかたくない。この「気高い羊飼いの娘」像は、ドストエフスキーがあれほど愛し敬意を払ったロシア民衆の姿、近代的なロシアではなく、正教信仰と伝統精神に、そして近代的なロシアの政府・官吏ではなく、正教徒の祖国の守り神としてロシア皇帝に深い忠節を誓うロシア民衆の姿そのものである。このジャンヌと農村の信仰に対し、「近代的」な都市から来た若者たちによってなされる会話の中の次の言葉は、ドストエフスキーが批判する自由主義的知識人像そのものである。ジャンヌの、あくまで自分の信仰を貫こうとする姿勢に理解を示そうとする人たちを、マルシヤという享楽的な青年はこう嘲笑するのだ。

「貴君たち特権階級には、貧乏人たちの服従を永続させるために彼らの無知を永続させようとする考えが浮かぶからですよ。それゆえに貴君たちは詩人と称して、彼らの哀れな頭脳をいっぱいにしている不可思議を賞賛するのです。そして貴君たちは献身によって、不思議な光景や巡礼や愚かな言動に与える庇護によって、わが地方の哀れな村人たちに狂気を抱かせつづけるのです。反対に、破廉恥な自由主義者のわれわれは、彼らがわれわれと同じようにヴォルテールを読み、彼らが神や、悪魔や何人かの人々に抱いている尊敬を葬り去ることを望んでいるのですよ[*18]」

この言葉は確かに真理の一面をついている。ロシアにおける皇帝幻想や正教信仰が、現実のロシア政府の抑圧や民衆弾圧、さらには農奴制や愚民政策を正当化するための政治的道具に使われていたのは歴史的事実であり、フランスにおいてもパリ政府による中央集権と近代化のためには、各地方の教会・僧侶の権限を縮小し、さまざまな迷信を廃絶する必要があったろう。だが、この言葉の中には、民衆の前近代的な精神世界はすべて蒙昧なものであり、ヴォルテールという知識人の名前で象徴される無神論や合理主義を啓蒙することは、民衆にとっても無条件で幸福なことなのだという知識人の傲慢さがあらわになっている。この言葉を発したマルシヤが、物語最終部で暴力的にジャンヌを征服しようとするのは、単に欲望だけからくる行為ではない。少なくともドストエフスキーは、そこに知識人が民衆精神を強引に改造しようとする邪悪な権力志向を読み取ったにちがいないのだ。民衆のためと信じて行われる啓蒙が、民衆精神のもっとも根源にある純粋な精神の泉を汚し枯らせてしまう、この近代や啓蒙主義の傲慢さと残酷さに、ジョルジュ・サンドもドストエフスキーもともに気づいていたのである。

ジョルジュ・サンドは、社会正義を求め、自由を愛し、生涯を通じて、人類の理想が実現されることを望んでいた。しかし、サンドは、ドストエフスキーの批判するいわゆる近代的知識人や、社会革命を求める運動家たちとはまったく違っていた。

「彼女は人間の道徳的感情、人類の精神的渇望、完成と純潔を追求する人類の意欲の上に、その社会主義、その信念、希望、理想の基礎を置いたのであって、蟻塚的必要性を基盤としたのではない。彼女は無条件で人間の人格を（いやそれどころかその不死すらも）信じ、（中略）その思想においても感情においても、キリスト教の最も根本的な理念のひとつと、つまり、人間の人格とその自由（またしたがって、その責任）の認識とに合致したのであった。ここからまた義務の認識も、またそれに対するきびしい道徳的要求も、さらにまた人間としての責任の完全な自覚も生まれてくるわけである」[*19]

ここでドストエフスキーが記す「蟻塚」とは、理性とイデオロギーによってすべての人間の精神や欲望を管理した上に理想社会を建設しようという、結局のところ全体主義体制のことである。これまでも随所で触れたように、ドストエフスキーの考えでは、近代市民社会の論理は、必ずこのような支配体制に向かいかねない内的必然性をもつ。サンドは、フランスの、とくに地方農村で昔ながらの生活を送る民衆の中に、古代・中世の神話的社会からの伝統的な精神と信仰が、近代に抵抗しつつ現在も生きつづけていることを確信していた。当時、もっとも先進的で、自由と解放の象徴ともみなされていたジョルジュ・サンドの文学が、実は前近代社会の文化と信仰共同体に根差していたこと、それはロシア民衆が信じ求めつづけている信仰と共同体の夢とある意味精神の地下水脈において必ずつながりうるものであることを、ドストエフスキーは読み取り、深く共感していたにちがいない。

そして、近代を、前近代の側から越えたところで、ロシアと西欧は新たなる普遍的な価値観を共有することができるはずだという確信をもっとも純粋に謳い上げたのが、次章で紹介するプーシキン生誕一五〇周年におけるドストエフスキーの講演であった。

第一〇章　プーシキン記念講演と世界の調和

露土戦争の「勝利」とスラブ主義の敗北

ドストエフスキーは『作家の日記』を、長編小説『カラマーゾフの兄弟』執筆のために、一八七八、七九年の二年間休刊している。その間に、ドストエフスキーや多くのスラブ主義者たちが熱狂的に支持していた露土戦争は終わりを告げた。この戦争は軍事的にはロシア軍優位のまま進み、一八七八年一月にはコンスタンチノープル近郊までロシア軍が侵攻、三月には講和条約（サン・ステファノ条約）が締結された。この条約によって、セルビア、モンテネグロ、ルーマニアの各公国がオスマン帝国から独立し、また「大ブルガリア公国」の成立が認められた。コンスタンチノープル領有はなくとも、スラブ主義者の夢が一定程度実現したかに見える勝利だった。

しかしその三か月後にはその夢は悪夢に変わる。列強諸国はロシアがバルカン半島に強大な影響力をもつことを許すはずもなかった。同年六月、ビスマルクを議長に行われたベルリン会議では、ブルガリア公国を南北に分断し、南部はトルコに引き渡すこと、ボスニア＝ヘルツェゴビナはオーストリアに編入することなどが決定され、ロシア側もこれをすべて認めた。同盟国のないロシアとしては、イギリス、フランス、さらにドイツまでをも敵に回す力も意志もなかったのだ。そして、これでバルカン半島や近東全体が安定化するならば、ロシアの国益も充分守られ、まだまだ課題の続く国内改革に力を向けるべきとの判断もあった。現実に外交に当たった外交官やロシア政府にとって、スラブ主義者のいうコンスタンチノープル領有や、スラブ民族の団結による西欧との対決などは、夢物語以前に、国益を損なう、まったく無意味なスローガンでしかなかった。

しかし、スラブ主義者、とくに露土戦争を言論で支持するだけでなく、義勇兵の派遣など組織的に活動してきたイワン・アクサーコフは、自らの理想が裏切られたことに激昂した。アクサーコフはベルリン会議直後からロシア政府の妥協を、勝者でありながら自ら敗者の側へ自分を引き下げてしまったに等しいと批判し、この責任はロシア政府内部の、西欧に媚びる官僚たちにあると罵倒し、最後には、皇帝自身をも批判の対象とした。

「歴史の前でロシアに対する責任を負っておられるロシアの皇帝陛下には、いったいなにをお感じになられますか。われわれの戦争の事業を、〈聖なる事業〉とお呼びになったのは皇帝ご自身ではなかったでしょうか。……〈聖なる事業は最後までなしとげられるであろう〉と説明なされたのも、皇帝ご自身ではなかったでしょうか」[*1]。さらにアクサーコフは、この講和条約締結は西欧への屈伏であるばかりでなく、ロシア国民やスラブ民族全体への裏切りであるとまで述べた。

これまでのスラブ主義運動では、皇帝周囲の政府高官や外交官、また自由主義的知識人を攻撃しても、ロシア皇帝自身を批判することはまずなかった。今回、アクサーコフがついにそのタブーを破ったのは、自らの呼びかけで死地に赴いた義勇兵たちの姿が彼の脳裏を離れなかったからにちがいない。その意味で、アクサーコフは運動家として、また思想家として筋を貫いたといえるだろう。しかし、逆にロシア政府にとってはこの演説を看過するわけにはいかなかった。ただちにアクサーコフはモスクワから追放され、彼が率いていたスラブ慈善協会は解散に追い込まれた。約半年でこの追放令は解かれたとはいえ、これ以後アクサーコフは次第にその影響力を低下させていく。アクサーコフが唱えた汎スラブ主義運動は、ロシア政府に利用されたのち切り捨てられたのである。

そして、当時のロシア政治情勢全体が混迷の中にあった。一八六一年の農奴解放令に始まる「上からの近代化」は一定の成功をもたらしたが、それは同時に若い世代、とくに、この近代化によって生まれ「雑階級」といわれた官吏、商人、聖職者らの若者たちが、さまざまな政治秘密結社をつくり出し、一方ではテロリズム（一八六六年に初めて皇帝アレクサンドル二世暗殺未遂事件が発生する）、一方では農村に学生、知識人が赴いて社会主義や共産主義の理想を説くナロードニキ運動を生み出した。ナロードニキ運動は、現実の農民の無理解に直面したのち、「土地と自由」党の結成を経て、テロリズムと社会革命を支持する「人民の意志」党と、啓蒙活動を中心とする「全土地割替」派とに分裂する。一八七八年から七九年にかけては、皇帝に対する二度目の暗殺未遂事件や政府高官に対するテロが勃発する。このような状況下でドストエフスキーは『カラマーゾフの兄弟』を執筆し、そして、ロシアの世論に巨大な影響を与えた、プーシキンをめぐる講演を、その死の前年である一八八〇年に、ロシアと世界に向けてのメッセージとして行ったのである。

プーシキンの描く「放浪者」としての知識人

一八八〇年、ロシアを代表する詩人、アレクサンドル・プーシキン（一七九九〜一八三七）の銅像が、モスクワの広場に建立され、その除幕式が盛大に行われることになった（この広場は現在もプーシキン広場と呼ばれている）。これを記念して、六月六日から八日まで三日間にわたって「プーシキン祭」が開催されることになり、七日、作家ツルゲーネフが講演を行ったが、西欧派の代表格であるツルゲーネフは、プーシキンの偉大さは認めつつも「自分はこの詩人を完全に民衆的（ナロードヌイ）なものと認めるけれども、全世界的という意味において国民的（ナチオナーリヌイ）であるかどうかは断言することができない」[*2]と語った。この講演は、プーシキンをロシア文学、それもある時代の代表作家にとどめてしまうものとして受け取られかねず、不満を抱いた参加者も少なくなかった。

六月八日は、イワン・アクサーコフと、ドストエフスキーが講演をする予定だった。しかし、先に壇上に立ったドストエフスキーの講演は、聴衆の中に熱狂的な感動を呼び覚ました。アクサーコフは予定されていた講演を辞退し「あなたの講演を聞いた後では、西欧派の代表者であるツルゲーネフも、スラブ主義の代表者と見なされているわたしも、同じように最上級の同感と感謝を表明せざるを得ません。ドストエーフスキイ氏の講演の後では、わたしの書いたものはすべてあの天才的な講演の貧弱なヴァリエーションにすぎません」とドストエフスキーをたたえ、この講演は「わが国の文学における、一つの事件であります」[*3]と結んだ。のちに『作家の日記』一八八〇年八月号に収録されたこの講演は、アクサーコフの言葉どおり、きわめてユニークなプーシキン論であるとともに、晩年のドストエフスキーの思想的到達点を示すものとなっている。

ドストエフスキーはまず、プーシキンは未だにロシアにとって「予言であり、指標である」と断言することから講演を始める。この言葉は、プーシキンの文学を、当時の若い世代の知識人の一部には、バイロンなどロマン主義詩人の影響下にあるものとして、すでに過去のものとみなす傾向があったことを念頭において読む必要がある。ドストエフスキーは逆に、プーシキンの文学にこそ、混迷するロシアが目指すべき未来の理想が提示されていると語った。

「彼〔プーシキン〕の出現にはわたしたちロシヤ人すべてにとって、なにか疑いもなく予言的なものが含まれています。プーシキンはちょうど、ピョートル大帝の改革からまる一世紀を経たわが国の社会に、ようやく生まれ出て芽を出しはじめた、わたしたちの正しい自覚のきわめて初期の時代に現われたものであって、彼の出現はわたしたちの暗黒の道を、新しい指導的な光によって照らし出すのに、あずかって大いに力があったのであります」[*4]

まずドストエフスキーは、プーシキンの創作活動を三つの時期に分ける。第一の時期は、西欧文学の影響を受けつつ、ロシアの近代文学の幕を開いた時期であり、この段階では、詩人はイギリスのバイロンなどロマン派文学に深い影響を受けた。しかし、その時期においても、プーシキンは明確に彼の個性、ロシアにしか生まれえない登場人物を創造していた。ドストエフスキーはその好例として、叙事詩『ジプシーの群れ』をあげる。

『ジプシーの群れ』は、一八二四年、プーシキン二五歳のときの作品である。この作品は、都会と貴族社会の虚飾に愛想が尽きたロシアの青年アレーコが主人公である。アレーコは、法律にも社会常識にも縛られない自由な生活と、愛するジプシー女性との暮らしを求めてジプシーの群れに身を投じる。しかし、やがて恋人が自分を棄てて、新しいジプシーの若者を選んだことに嫉妬し、二人を殺して、ジプシーの群れからも去っていくという物語を劇的に詠いあげたもので、翻訳（蔵原惟人訳の岩波文庫など）でも充分その魅力が伝わる叙事詩である。この作品をドストエフスキーは次のように読み込む。

「プーシキンはアレーコの中に、わが祖国の大地をさまよい歩くあの不幸な放浪者の人間像を発見し、これを天才的な筆で指摘してみせたのです。それは民衆から分離したわが国の社会に歴史的必然性によって現われた、あの歴史的なロシヤの受難者なのであります。彼はこの人間像を、もちろん、バイロンの作品だけから見つけ出したものではありません。この正確で、誤りなく把握された典型こそは、その後長くわが国に、わがロシヤの大地に住みつくことになった、あのつねに変わることのない典型なのであります[*5]」

この「受難者」つまりドストエフスキーが『作家の日記』全体を通じて批判した、民衆から遊離した知識人たちは「今日に至るまでその放浪生活を」続けている。そして現代において、彼らは自分たちのあこがれや理想をジプシーの世界ではなく、社会主義思想に向けているが、彼らは「アレーコと同じように、その幻想的な仕事によって自分たちの目的が達成され、自分自身のためばかりではなく、全世界の幸福が得られるものと信じている[*6]」のだ。

ここでドストエフスキーは、西欧近代、それもその最先端の思想に飛びつくロシア西欧派知識人を批判しつつも、彼らもやはりロシア的なもの、ロシアにしか生まれえぬものとみなしている。彼らは決して自分自身の満足のためではなく、これが世界に役立つと信じて、思想や運動に身を投じるのだ。しかし彼らは、真理はロシアの外にある、自分が知らないところにあるという考えにとりつかれている。「どこかほかの国、たとえば、しっかりとした歴史的組織をもち、社会的な、市民の生活が確立されているヨーロッパ諸国にあるのかもしれない[*7]」。そして彼らは、真理があるとすれば、それは彼自身の内面に、そして、祖国ロシアの伝統にあることに気づこうとしない。

ドストエフスキーは、西欧にあこがれる知識人と、ジプシーの群れに身を投ずるアレーコはまったく同じタイプの人間であると述べる。貴族階級で、おそらくは農奴所有者でもあっただろうアレーコは「軽はずみな、しかし情熱的な」信仰を抱いて、ゼムフィーラ（この叙事詩のヒロインであるジプシー女性）に飛びつき「ここにおれの目的地がある。ここでおれは幸福を見つけることができるだろう。世間から遠く離れた、自然のふところに抱かれたここならば、文化もなければ法律もないこの人たちのところならば！」[*8]と確信し実行するのだ。

ここでドストエフスキーは、アレーコの姿を、おそらくナロードニキ運動に邁進し「人民の中へ！」と農村に向かった若い世代の中にも見出している。そして、アレーコは結局「野性的なさまざまな自然の条件と顔を突き合わせるが早いか、彼はどうにも我慢ができなくなって、自分の両手を血に染めてしまう。世界的なハーモニーどころか、ジプシーにとってさえも、この不幸な空想家はなんの役にも立たないのである」[*9]。ドストエフスキーはここで、ナロードニキ運動の挫折から、テロリズムに走る青年たちの姿をほのめかしていたのかもしれない。

恋人の心変わりと不実を怒るアレーコに、ゼムフィーラの父親であるジプシーの老人は、自分も昔恋人に裏切られて同じ思いをしたことがあるが「誰が力で恋をおさえることができよう？／順ぐりにいろんな人がよろこびを受ける。／一度あったことは二度とおこらないのだ」[*10]と諭す。しかしアレーコは、恋人を奪われるよりは、彼女と恋敵を殺すことを選ぶ。

ジプシーたちは、彼を追放する。「──復讐するでもなく、敵意をいだくでもなく、おごそかに、しかもなんのわだかまりもなく──」「傲(おご)れるものよ、とく立ち去れ／自然児われらは、掟を知らず／罰を与えず、呵責することなし」[*11]。こうジプシーの老人はアレーコに告げるが、さらに「お前さんは自分だけ自由を望んでいるのじゃ」[*12]という決定的な一言で、アレーコを自分たちとは違う種類の人間とみなす。アレーコは結局、ジプシーの生き方に幻想を抱いていたにすぎず、現実のジプシーたちの生き方を受け入れたわけではなかったのだ。ジプシーにとっての自由とは、定着民でしかも貴族のアレーコとはまったく違う倫理と論理をもつ。それを理解しようとせず、単に、ここには宮廷や貴族階級とは違う自由な世界がある、と憧れたところで、ジプシーとして生きることなどできるものではない。

そして、ドストエフスキーは「傲れるもの＝現状に不満を持ち、かつ、西欧の理念や、民衆に対する幻想によってその不満を解決しようとする知識人」たちは、最終的には「すこしでも気に入らないことがあると、彼はたちまち腹立ちまぎれに敵意を感じて相手を八つ裂きに」[*13]する、つまり破壊のみを求めるようになると指摘する。さらにドストエフスキーは、このプーシキンの初期叙事詩には、すでに、このような知識人が陥りがちな傲りと破壊への誘惑に対するロシア的解決策がうかがわれており、それはプーシキンの代表作、『エヴゲニー・オネーギン』にさらに明確な形で表現されていると指摘する。

オネーギンとタチヤーナ――近代と民衆との対峙

この作品はドストエフスキーにとって、プーシキンの作家活動の第二期から三期にまたがるものとして位置づけられている。事実、『オネーギン』は一八二三年から三一年にかけて書かれ、作者とともに成長していった作品である。プーシキンの第二期とは、西欧の影響から脱し、プーシキンがプーシキンがロシアの民衆とその精神と一体化し、ロシア文学史上、初めて真の意味で西欧の模倣ではなくロシアそのものを体現する文学作品を生み出した時期である。第三期については後述するが、あえて単純化すれば、この作品は、ペテルブルクに象徴されるロシア近代と、ロシアの大地に根差す伝統精神との対決であり、後者の勝利として終わるものとしてドストエフスキーは読み込んでいる。

まず、オネーギンは、ロシア近代の象徴である人工都市ペテルブルクで、シニカルな冷笑家として放蕩生活を送る下級貴族の息子として描かれる。彼は優れた頭脳の持ち主であり、学識・教養もあるのだが、文学にはほとんど興味をもたず、アダム・スミスの経済学のほうに関心が深かった。そして、彼は若くしてすでに「ふさぎの虫」にとりつかれ、放蕩生活にも、美女にも、華やかな社交界にもすでに飽きてしまっていた。

そして、オネーギンは叔父が亡くなるとともに、その土地を継ぐ地主としてある農村にやってくる。しかし、オネーギンはロシアの大地に何の関心も示さない。最初はこれまでの都市における放蕩の生活から離れたことを喜んでいたのだが、三日もすれば退屈と、都市同様の倦怠が田舎にも漂っているとしか思えなくなる。オネーギンはふたたび「ふさぎの虫」に取りつかれてしまう。ドストエフスキーは、オネーギンの性格を次のように分析するが、これはアレーコの発展形としての、ロシア知識人の典型なのだ。

「祖国の心臓ともいうべき僻遠の地にあっても、（中略）彼はそこでなにをしていいか分からず、自分の家にお客にでもきているような気がしてならない。その後、わびしい心をいだいて祖国の大地や、外国の大地をさまよい歩いたときも、疑いもなく聡明で、疑いもなく誠実な人間である彼は、見知らぬ人たちのあいだにあっていっそう自分が他人であるように感じたものであります」

「そんな彼でも自分の祖国は愛している、ただそれが信頼できないだけのことなのです。もちろん、祖国の理想を耳にしたこともあるが、しかし彼はそれを信じようとはしない。彼が信じているのはただ、たとえどんな仕事であろうと、祖国の耕地で働くことは絶対に不可能であるということだけであります。その可能性を信じているものがあれば、それはその当時でも、また今日でも、少数の人にすぎませんでしたが――彼は悲しげな嘲笑を浮かべてその人たちをながめたのでありました[*14]」

ドストエフスキーはオネーギンを単なる軽薄な若者とはみなさず、「聡明」で「誠実」な彼の精神をきちんと読み取っている。オネーギンは、ペテルブルクの見せかけの近代化と見せかけの繁栄の陰にある退廃も、その中で遊び暮らす上流階級の空虚な精神も見抜く力をもっている。しかし、ロシアの大地の象徴である田舎の村に来たところで、貴族の息子であり都市で生活してきたオネーギンは農民たちと真の意味で出会うこともない。

なお、プーシキンはオネーギンが最初に領地に来て行ったことの一つに、農民の年貢を軽減したことをあげており、これはアダム・スミスへの関心とともにオネーギンの近代性を示しているが、それ以外にオネーギンは民衆の生活にほとんど関心を示さない。また、全体にわたって、宗教的なものへの関心をまったく示さないのも彼の特徴で、それは「祖国の理想」である正教への無理解を表している。

そして「ジプシーの群れ」や「ロシアではないどこか外国」に理想を見出そうとする知識人と違い、オネーギンは外国を旅してもそこに理想や安住の地を見出すことはできない。世界にあまりにも大きな期待や理想をかけ、しかし自らの祖国においては何ら無益な「余計者（インテリゲンチャ）」としてしか彼は存在できないのだ。ドストエフスキーはオネーギンに、近代的知性と合理主義が行きつく先にあるニヒリズムの典型を、そして当時のロシア社会の知識人の未来像を見出す。

これに対し、ドストエフスキーが対照的な存在として称賛するのが、ヒロインであるタチヤーナである。タチヤーナという名は農民につけられることが多く、プーシキンはもちろん意図的にこの名を選んでいる。タチヤーナは幼いころから、遊ぶよりは一人物思いにふけり、人形遊びよりも昔語りに耳を傾け、美しく壮大な夜明けの風景を眺めることを好んでいた。ドストエフスキーは、タチヤーナを「自分の地盤の上にしっかりと足を踏みしめている、毅然とした人間の典型」で「その気高い本能だけによって、真理はどこに、またなにの中にあるかを予感して[*15]」おり、オネーギンよりもはるかに優れた存在としてたたえている（この小説の題名は、本来「タチヤーナ」であるべきだったとまで語る）。タチヤーナは一見、ロシアの自然や民話を愛している目立たない少女にしか見えないが、オネーギンには決して得ることのできない、自らの魂と存在をロシアの大地と一体化させることのできる感受性を備えているのだ。

「彼女はひとりバルコニイに立って日の出を待つのが好きだった。やがて青白い地平線に星の輪舞が消えて行き、大地の端が静かに白みはじめると、朝を告げる風がさっと吹き渡り、静々と日が昇って来る。また夜の影が北半球を長くおおい、なまけ者の東天（しののめ）が、霧にけぶる月明りを受けつつ、のんきな静けさに包まれて熟睡（うまい）をむさぼる冬の朝も、彼女はいつもの時刻に眼をさまし、ろうそくの光を頼って床を起き出た[*16]」

タチヤーナはこのような自然の息吹への感受性を育むとともに、母の本棚から、ルソーの『新エロイーズ』をはじめ、さまざまなロマン派の恋愛小説を読みふけってもいた。そんな彼女の前に現れたオネーギンに、タチヤーナは、彼のニヒリズムの下に隠された高貴な魂を見抜き、熱烈な恋文を送る。しかし、オネーギンは「タチヤーナの本質を見抜くことすらぜんぜんできなかった。彼の目に映じたのは、彼の前に出たとたんにすっかりおじけづいてしまった、清純で汚れを知らない少女のつつましい姿だけだった[*17]」。オネーギンは、礼儀正しくはあるが、タチヤーナの申し出に対し、自分は家庭をつくるような人間ではないから、という断りの手紙を返す。

ドストエフスキーは、オネーギンにとってもっとも必要だったのは、タチヤーナに象徴される、ロシア民衆の精神、ロシアの大地の息吹に触れること、そしてそれを受け入れることだったのに、オネーギンはそれに気づかなかった哀れな人間だとみなした。そのあとの彼には、もはや絶望的なニヒリズムしか残されていない。「おれは若く、力強い生命に恵まれながら／期待すべきもののないこのむなしさ、心の淋しさ！[*18]」。オネーギンは村で唯一心を許せる話し相手だったレーンスキーという青年地主とも、その恋人をめぐるトラブルを起こし、レーンスキーを決闘で殺してしまい村を離れていく。なお、このレーンスキーが、西欧哲学に憧れ、社会改革の理想に燃えていた人物として描かれているのも興味深い。ドストエフスキーは、そのような理想主義がニヒリズムに打倒されていく姿を読み取ったことだろう。

タチヤーナは、オネーギンが村を去ったのちに、彼がどんな人間なのかをどうしても知りたくて、住んでいた家を訪れる。オネーギンの部屋には、イギリスの詩人バイロンの肖像画と、いくつかの小説が残されていた。文学に本質的な興味も関心もなかったオネーギンだが、バイロンだけは最後まで共感するものがあったのだろうか。しかし、オネーギンの蔵書からタチヤーナが読み取ったのは、次のような荒涼たる世界だった。

「そうした作品のなかでは時代の姿が反映され、また現代人と、その利己的な、ひからびた、でたらめに空想的な、不徳義な魂、空しい行為に沸き立つ、怨(うら)みがましい知恵などが、かなり正しく描かれていた[*19]」

タチヤーナはこのとき、オネーギンという人物に対し「もしやあの人はただのパロディではないのかしら?[*20]」という思いを抱く。ドストエフスキーは、これこそ、オネーギンの本質を見事に射抜いた言葉だと感嘆する。バイロンに代表される、社会の陋習を否定し大衆から超然とした自我の王国を築き上げるロマン主義、そして近代社会がもたらした自由という価値観が、結果として生み出したパロディ、それは「利己的」「空想的」「不徳義」な精神と「空しい行為に沸き立つ、怨みがましい知恵」にすぎなかったのだ。

やがて、タチヤーナも、家族の薦める老将軍と結婚、故郷の村を離れてペテルブルクに旅立つ。そこでタチヤーナはオネーギンと再会することになるが、彼女は堂々とした品格をもつ素晴らしい貴婦人となっていた。今度は、オネーギンが、タチヤーナの魅力に取りつかれてしまうが、タチヤーナは彼の恋愛の告白をきっぱりとはねつける。タチヤーナは、今もなおオネーギンを愛しているのだが、その拒絶の姿勢を、ドストエフスキーは「まさにロシアの女性」の神髄とみる。

「しかしわたしはほかの男に許した身です
永遠に裏切るつもりはございません

彼女はまさにロシヤの女性としてこう言いきったのであります。彼女が神格化されるのもまた理由のないことではありますまい。彼女はこの叙事詩の真理をはっきりと表明したのでありま す[*21]」

ドストエフスキーは、タチヤーナがオネーギンを拒絶したのは、単に結婚の誓いを守るといった道徳的な意志だけではないと強調する。タチヤーナの老将軍との結婚は、母親の懇願によるものにすぎず、ペテルブルクの社交界にも虚飾と空しさしかなかった。しかしタチヤーナは、夫である老将軍、「彼女を愛し、彼女を尊敬し、彼女を誇りとしている、この誠実な人間に操をまもった[22]」のだ。ドストエフスキーは、その理由を次のように解釈する。

「彼女の裏切りは、彼を汚辱と恥辱で押しつつみ、彼を殺すことになるに相違ない。だが人間は自分の幸福を、他人の不幸の上に築くことができるものでありましょうか？　幸福は単に愛の愉悦の中ばかりではなく、魂の最高の調和の中にも存在するものであります[23]」

「かりに、諸君が究極において人々を幸福にし、やがては彼らに平和と心の安らぎを与える目的で、自分の手で人間の運命の建物を建造することになったと想像していただきます。さてそこで、もう一つ、そのためにはどうしても不可避的に、たったひとりではあるが、ある人間を苦しめなければならないと仮定します。（中略）こういう条件のもとで、諸君ははたしてこのような建造物の建築技師となることに同意せられるでありましょうか？[24]」

ドストエフスキーはここでのタチヤーナの拒絶を、単なるオネーギンとの恋愛のすれ違いではなく、一つの思想のドラマとして読み取っている。タチヤーナは今もオネーギンを愛しており、オネーギンもタチヤーナによってしかおそらく癒されることはない。しかし、その二人の幸福のために、誰かを犠牲にすることは許されるのか。あるいは、他者の犠牲の上に成り立つ幸福とは果たして幸福といえるのだろうか。

後段で、ドストエフスキーはさらに、この「幸福」を、単なる個人ではなく世界全体の幸福へと拡張する。たとえ、世界中が幸福で平和になる理想社会を実現するためであれ、たった一人の人間を苦しめることは決して正当化されてはならない。もしもそれが正当化されてしまえば、その理想社会は結局あらゆる人々の犠牲の上にのみ成り立つ地獄を生み出してしまうだろう。これはもちろん、この講演の前年までドストエフスキーが書きつづけた『カラマーゾフの兄弟』のテーマの一つである。

そんな問題は、このプーシキンの小説とはまったく次元の異なるテーマではないか、と思う読者は、プーシキンが賢明にも放棄した続編において、オネーギンがデカブリスト[*25]のような社会革命家になるというアイデアがあったことを想起すべきだろう。ドストエフスキーは、仮にオネーギンがこの、自らの喪失感を埋めるために社会運動に身を投ずれば、必ず、未来の理想のためには現在の多少の犠牲はやむをえないという判断を下し、意に沿わぬ民衆を踏みにじることになるだろうと考えたはずだ。ドストエフスキーにとって、この小説は西欧近代と、ロシア精神の葛藤のドラマなのである。

そして、ドストエフスキーはオネーギンがタチヤーナとの恋に落ちたのは、彼女の真実の姿に目覚めたからではないと考える。オネーギンが生きていける社会は、結局彼自身が軽蔑しているこの社交界の中にしかない。そしてかつて軽蔑した少女の前に、今では社交界がひざまずいているのを見て、アレーコがジプシー女性に恋したように、社交界という幻影の象徴としてのタチヤーナに恋したにすぎないと、これはややオネーギンに対し残酷な読み方をしている。しかし、「彼の愛しているのは幻想であり、そして彼自身もまた幻想にすぎないのである」[*26]というドストエフスキーのオネーギン評は、確かにこの人物の本質を突いてはいる。

それに対し、タチヤーナには、どのような状況におかれようとも、つねにゆるぎない基盤がある。それは、彼女の幼年時代の思い出であり「清らかな生活がそこではじめられた、生まれ故郷の、人里はなれた片田舎」と「哀れなる乳母のお墓の上に立つ、十字のしるしと木立の影」[*27]なのだ。

「オネーギン様、私にとってはこんな花やかさも、いまわしい上流社会の虚飾も、社交界の渦のなかでの成功も、流行の邸宅も夜会も、何の値打ちがありましょう？　私は今すぐにでも、こんな仮装舞踏会のような衣裳や、こんな輝きや騒々しさや息苦しさを、一と棚の書物と、あれはてた庭と、貧弱なあの住居と、はじめて私が、オネーギン様、あなたにお目にかかったあの場所と、今では十字架と木の枝が可哀そうな私の乳母を見おろしているあのつつましいお墓と、喜んで取りかえたいと思います[*28]」

タチヤーナがオネーギンを拒絶したのは、彼女が、自分がどこにいようと永遠に抱きつづける価値観である、生まれ育った村の風景、ロシアの自然、そして乳母が語ってくれた民話、つまりロシア民衆の原点を、オネーギンとは決して共有することはできないだろうという思いからのものだった。ドストエフスキーはタチヤーナを、近代という時代の必然を受け入れ、その故郷である伝統から切り離されたとしても、精神においては決して故郷を忘れない理想のロシアの姿として読み取った。だからこそタチヤーナは、その道徳性を失わず、エゴイズムにとらわれることなく生きていくのだ。

わたしはドストエフスキーとは異なり、オネーギンはこのとき、タチヤーナの真の偉大さ、自分がこれまで触れようとしなかったロシアの大地に触れたにちがいないと思う。しかし、ここでプーシキンは作品を終わらせ、オネーギンを立ち尽くすままにした。今後もオネーギンはただ謎の中に立ちすくむ。この姿にも、ドストエフスキーは、混迷の時代に生き場を失って立ちすくむ当時のロシア知識人の姿を見たはずである。

ドストエフスキーはプーシキンを「肉親のような愛情をこめてその民衆と結合したロシヤの作家[*29]」と呼び、彼のあとに現れたロシアの文学者が、どれほど愛情をこめて民衆を描こうとも「どれもこれも民衆のことを書いた『旦那衆』」にすぎず、そのうちもっとも優れた人ですら「なにか上から見おろすような」「民衆を自分のところまで引き上げて、引き上げることによって幸福にしてやろう[*30]」という意識が顔を出すと指摘した。しかしプーシキンは、このタチヤーナを通じて、ロシア民衆の精神をもっとも美しく、かつ気高く描き、その前に立ちすくむ知識人のニヒリズムと対比させたのである。

世界文学としてのプーシキンと、西欧とロシアの文明的統一

そして、ドストエフスキーはプーシキンの作家活動の第三期を、「主として全世界的な理念が輝きはじめ、他国民の詩的形象が反映を示し、その天才が具現されている一列の作品[*31]」を生み出した時期とする。あまりにも早すぎた晩年を迎えたプーシキンは、その作品の舞台を、ドイツ、イギリス、スペインなど各国におき、しかも、そこには各民族の本質が過たず描かれている、これはまさに文学的奇跡だとドストエフスキーは感銘をこめて語った。

まずドストエフスキーは、プーシキンの叙事詩『黒死病の嘆きをよそに酒に狂う人々』に描かれた世界を、イギリスのプロテスタンティズム精神そのものが表現されていると語る

「これらの詩句の物悲しい、しかも歓喜にみちた楽の音には、北国のプロテスタンチズム、イ

ギリスの異端の徒、限りない神秘派の魂そのものが感じ取られます。（中略）この奇怪な詩を読むと、宗教改革時代の精神が耳に響くような思いがし、ようやく緒につきはじめたプロテスタンチズムの、あの挑戦的な火がしだいに分かってくるようになります。そして最後に、（中略）あたかも自分がちょうどその場に居合わせて、武装した異端の徒の陣営のかたわらを通りすぎ、彼らとともに讃美歌をうたい、彼らとともにその神秘的な歓喜に打たれて涙を流し、彼らとともに、彼らが信じたものをこちらも信じたように、実感として理解されるのであります[*31]」

プーシキンの天才は、キリスト教を越えて、「コーランに倣いて」という宗教詩にも表れている。ドストエフスキーはそこに「コーランの精神そのもの、その剣、その信仰の素朴な荘厳さ、その恐ろしい血にまみれた力そのもの[*33]」を読み取り、プーシキンほど世界のあらゆるものに共感することのできた詩人はほかにいないとたたえる。ドストエフスキーはその上で、プーシキンがタチヤーナに象徴されるロシア精神を抱きつつ、同時に、各民族の根源的な精神をも体現していくことで、ある種の世界性を獲得していったことを、未来のロシアの目指すべき理想としてとらえているのだ。

ドストエフスキーはこのプーシキン講演において、西欧諸国やトルコ（そしてイスラム教）に対して、『作家の日記』でしばしば繰り返してきた攻撃性や悪意を、自ら拭い去るかのように語った。「究極の目的において、世界性と全人類的なものを志向するものでなかったら、ロシヤ民族の精神の力をうんぬんするのは、おこがましいことではないでしょうか？」[*34]。さらに、ピョートル大帝の改革の意義に触れ、ロシア近代化の最大の意義を、一面においては功利主義、つまりロシア帝国の近代化と国力の増進といった面以上に、西欧諸国民、諸民族の精神を受け入れることによって、ロシア社会が世界に開かれたことに見出している。そこから生まれたスラブ主義と西欧主義、もっといえば前近代と近代との対立も、実は西欧を含むあらゆる世界で生じている問題であり、ロシアはそれを世界的な意味で解決することができるかもしれないのだ。ドストエフスキーは、全世界的なレベルでしか決して解決できない問題を抱えてきたという意味において、スラブ主義も西欧主義も同じく世界を見つめてきたことを強調する。

「ロシヤ人の使命は、疑いもなく全ヨーロッパ的であり、全世界的であります。本当のロシヤ人になること、（中略）すべての人間の同胞になること、もしもそういう言葉がお望みならば、全人になることを意味するものであるかもしれません」

「ああ、わが国のスラヴ主義とか西欧主義とかいわれているものは、たとえ歴史的には必然的であったとはいえ、すべて要するに、大きな誤解にすぎないのであります。本当のロシヤ人にとっては、ヨーロッパも、偉大な全アーリヤ人種の運命も、ロシヤ自体、自分の祖国の運命と同じように大切なものであります。なぜならは、全世界性こそわたしたちの運命であるからであります。しかもそれは剣によってではなく、同胞主義と、全人類を結合しようとするわたしたちの同胞的志向の力によって獲得されたものなのであります[*35]」

ドストエフスキーのこれまでの熱烈な戦争肯定論を読んできた者は、このような発言に違和感と矛盾を感じることとだろう。しかしここで、ドストエフスキーは、彼が批判したトルストイ同様、巨大な矛盾を抱えたロシア知識人の典型を示しているにすぎない。戦争肯定論も、ここでの人類の和解を目指す言葉も、いずれも彼にとっては同様の真理なのだ。そして、ドストエフスキーは、民衆が己の精神を全面的に解き放とうとすれば、それはあらゆる形を取りうること、時には戦争への熱狂という形で噴出し、また時には美しい献身的行為となり、またこのような全人類の結合を目指すユートピアへの夢として表れることをよく理解していたのだ。そして、知識人の役割は、この民衆の根源にあるものを見据え、それに意味を与えることである。ドストエフスキーは確信をもってこう語った。

「全世界的な、全人類の同胞的結合の目的のためには、おそらく、あらゆる諸民族の中で、ロシヤ人の心が最も適しているかもしれない、わたしはその形跡をロシヤの歴史の中に、わが国の天分に恵まれた人たちの中に、プーシキンの芸術的天才の中に見るものである、と言っているにすぎません」

「たとえわが国の国土は貧しいものであっても、しかしこの貧しい国土を『キリストは奴隷の姿に身をやつして、祝福を与えながら遍歴した』ではありませんか。(中略) 第一、そういうキリストだって、まぐさ桶の中で誕生したのではなかったでしょうか?」

「すくなくともわたしたちはすでにプーシキンを、その天才の全世界性と全人類性を指摘することができるではありませんか。また事実、彼は他国の精神を、まるで肉親のように、自分の魂の中に包蔵することができたではありませんか。すくなくとも芸術において、芸術的作品において、彼はロシヤ精神の志向が疑いもなく全世界的なものであることを明らかにしてくれました。またこの点に偉大な啓示が含まれているのであります。かりにわたしたちの思想が夢であるにしても、プーシキンという人がいる以上、すくなくともその夢には根拠があるわけであります[*36]」

そしてドストエフスキーは、プーシキンは、ある種の偉大な秘密を墓の中へ持ち去った、「わたしたちはいまここに、彼の亡きあとでその秘密を解こうとしているのであります」と講演を結んだ。この言葉は、ドストエフスキー自身にも、そして軽視されがちな『作家の日記』にも当てはまる。『作家の日記』には、ドストエフスキーの思想が小説以上に直截的に語られている。そこには途方もないナショナリズムもあれば、時には排外主義や反ユダヤ主義も散見する。同時に、自由の名のもとに価値相対主義、無神論に支配される近代主義や大衆社会への先駆的な批判も、ナショナリズムとグローバリズムの対立軸すら予見されている。国際政治への陰謀論的な言及もあれば、同時に世界大戦や革命への予言（それはいくつかの点では的中した）も、共産主義・全体主義体制への批判すら読み取ることができる。そして何よりも、ドストエフスキーの生々しい肉声には、まるで現在のＳＮＳでの言説のような激烈な感情が露呈している。

わたしはこの本の魅力に引きずられるようにして、このつたない覚書を綴ってきた。そして今、『作家の日記』の偉大な秘密を解き明かしたという自信はまったくない。しかし、その秘密は解くに値するものであること、この謎めいた書物は現代にこそ読み解かれる必要のあることを、少しでも読者に伝えることができていれば幸いである。

■註・引用文献

○序

＊1――元は日本書記の記述からきた言葉だが、「天の下（世界）を一つの家族のように融和させる」という意味で使われた。

○第一章

＊1――一八五三年、ロシアは、南下政策の一環としてエルサレムの聖地管理権を要求しトルコに宣戦。トルコの敗色が濃厚になると、英仏両国が介入し、一八五五年のセヴァストポリ要塞の陥落により、一八五六年ロシアの敗北で終わった。

＊2――高野雅之『ロシア思想史――メシアニズムの系譜』早稲田大学出版部、一九八九年、二七九頁

＊3――トルストイ『アンナ・カレーニナ（下巻）』木村浩訳、新潮文庫、一九九八年、五二六頁

＊4――トルストイ『アンナ・カレーニナ（下巻）』前掲書、五二七-五二八頁

＊5――トルストイ『アンナ・カレーニナ（下巻）』前掲書、五三五頁

＊6――ドストエフスキー『作家の日記』小沼文彦訳、ちくま学芸文庫、一九九八年、五巻、一五五-一五六頁

＊7――ドストエフスキー前掲書五巻、一五六-一五七頁

＊8――トルストイ『アンナ・カレーニナ（下巻）』前掲書、五〇四頁

＊9――ドストエフスキー前掲書五巻、一〇七頁

＊10――ドストエフスキー前掲書五巻、一〇七-一〇八頁

＊11――トルストイ『人生・宗教・哲学』原卓也編訳、白水社、二〇〇二年、一四四頁

＊12――トルストイ『アンナ・カレーニナ（下巻）』前掲書、五三六頁

＊13――ドストエフスキー前掲書五巻、一一一-一一二頁

＊14――トルストイ『アンナ・カレーニナ（下巻）』前掲書、五三一頁

＊15――ドストエフスキー前掲書五巻、九六頁

○第二章

＊1――ドストエフスキー『作家の日記』小沼文彦訳、ちくま学芸文庫、一九九八年、五巻、四七〇-四七一頁

＊2――ドストエフスキー前掲書五巻、四七二頁
＊3――ドストエフスキー前掲書五巻、四七四頁
＊4――社会変革を求める知識人・学生が、農奴解放後「人民の中へ（ヴ・ナロード）」というスローガンのもと農村に向かい、農民に革命思想を啓蒙しつつ蜂起を呼びかけた運動。多くは農民に拒絶され、効果はあげえなかった。
＊5――ドストエフスキー前掲書五巻、四八〇－四八一頁
＊6――ドストエフスキー前掲書五巻、四八一頁
＊7――ドストエフスキー前掲書一巻、一九頁
＊8――内村剛介『スターリン獄の日本人――生き急ぐ』中公文庫、一九八五年、一八三－一八四頁
＊9――ドストエフスキー前掲書五巻、四九一頁
＊10――望月哲夫「19世紀ロシア文学のヴォルガ表象」『境界研究』二号（二〇一一）、六九頁
＊11――望月哲夫前掲書、六九頁
＊12――望月哲夫前掲書、七〇頁
＊13――望月哲夫前掲書、七一頁
＊14――ドストエフスキー前掲書一巻、九三－九四頁
＊15――ドストエフスキー前掲書五巻、四九三頁
＊16――ドストエフスキー前掲書一巻、三八八頁
＊17――ドストエフスキー前掲書一巻、三八八頁
＊18――ドストエフスキー前掲書一巻、三八九頁
＊19――ドストエフスキー前掲書一巻、三九〇頁
＊20――ドストエフスキー前掲書一巻、三九三頁
＊21――ドストエフスキー前掲書一巻、三九九頁
＊22――一色義和訳「革命家のカテキズム」『ロシア革命（ドキュメント現代史1）』（松田道雄編）平凡社、一九七二年、一一一－一一二頁
＊23――ドストエフスキー前掲書一巻、三九八－三九九頁

○第三章

＊1――ドストエフスキー『作家の日記』小沼文彦訳、ちくま学芸文庫、一九九八年、二巻、一二八－一二九頁
＊2――ドストエフスキー前掲書二巻、一三〇頁
＊3――ドストエフスキー前掲書二巻、一三〇頁
＊4――ドストエフスキー前掲書二巻、一三〇頁
＊5――ドストエフスキー前掲書四巻、四七頁
＊6――ドストエフスキー前掲書六巻、七七頁
＊7――ドストエフスキー前掲書六巻、七七頁

*8――ドストエフスキー前掲書六巻、七九頁
*9――ドストエフスキー前掲書二巻、一三三頁
*10――ドストエフスキー前掲書二巻、一三四頁
*11――ドストエフスキー前掲書二巻、一三四頁
*12――ドストエフスキー前掲書二巻、一三六―一三七頁
*13――ドストエフスキー前掲書二巻、一三八頁
*14――ドストエフスキー前掲書二巻、一三九―一四〇頁
*15――ドストエフスキー前掲書二巻、一四〇―一四一頁
*16――ドストエフスキー前掲書二巻、一四三頁
*17――ドストエフスキー前掲書二巻、一四四頁
*18――ドストエフスキー前掲書二巻、二二二頁
*19――ドストエフスキー前掲書二巻、二二四頁
*20――ドストエフスキー前掲書二巻、二三三―二三四頁
*21――渡辺京二『ドストエフスキイの政治思想（渡辺京二傑作選4）』洋泉社、二〇一二年、八七頁
*22――小林秀雄『私の人生観』創元社、一九四九年、二四四頁
*23――ドストエフスキー前掲書二巻、四三頁
*24――ドストエフスキー前掲書二巻、五一頁

○第四章

*1――ドストエフスキー『作家の日記』小沼文彦訳、ちくま学芸文庫、一九九八年、一巻、三二一頁
*2――ドストエフスキー前掲書一巻、三二三頁
*3――ドストエフスキー前掲書二巻、三三一頁
*4――ドストエフスキー前掲書五巻、一四三頁
*5――ドストエフスキー前掲書五巻、一七頁
*6――トルストイ『幼年時代』原卓也訳、新潮文庫、一九七三年、四八頁
*7――トルストイ前掲書、一五頁
*8――トルストイ前掲書、七五頁
*9――ドストエフスキー前掲書五巻、一七頁
*10――ドストエフスキー前掲書五巻、二九頁
*11――ドストエフスキー前掲書五巻、三一頁
*12――ドストエフスキー前掲書五巻、三〇頁
*13――ドストエフスキー前掲書五巻、三〇―三一頁
*14――ドストエフスキー前掲書五巻、三二頁
*15――ドストエフスキー前掲書五巻、三八―三九頁
*16――ドストエフスキー前掲書三巻、四三一―四三二頁
*17――ドストエフスキー前掲書三巻、二五六頁

*18――ドストエフスキー前掲書三巻、二六一頁
*19――ドストエフスキー前掲書三巻、四五八頁
*20――ドストエフスキー前掲書三巻、四三九頁
*21――ドストエフスキー前掲書三巻、二六四頁
*22――ドストエフスキー前掲書三巻、二六四頁
*23――ドストエフスキー前掲書三巻、二六四頁
*24――ドストエフスキー前掲書三巻、二六五頁
*25――ドストエフスキー前掲書三巻、二七〇頁
*26――ドストエフスキー前掲書三巻、四四四頁
*27――ドストエフスキー前掲書三巻、四四四頁
*28――ドストエフスキー前掲書三巻、二六三頁

○第五章

*1――ドストエフスキー『作家の日記』小沼文彦訳、ちくま学芸文庫、一九九八年、三巻、三四〇頁
*2――ドストエフスキー前掲書三巻、三四三頁
*3――ドストエフスキー前掲書三巻、三三四頁
*4――ドストエフスキー前掲書三巻、四〇九-四一〇頁
*5――ドストエフスキー前掲書三巻、四四五頁
*6――ドストエフスキー前掲書四巻、二九八頁
*7――ドストエフスキー前掲書四巻、三〇七頁
*8――ドストエフスキー前掲書四巻、三〇八頁
*9――ドストエフスキー前掲書四巻、三二六頁
*10――ドストエフスキー前掲書四巻、三三〇頁
*11――ドストエフスキー前掲書四巻、三三二-三三三頁
*12――ドストエフスキー前掲書四巻、三三七頁
*13――ドストエフスキー前掲書四巻、三三七頁
*14――ドストエフスキー前掲書四巻、三三九頁
*15――西郷隆盛『西郷南洲遺訓』山田済斎編、岩波文庫、一九三九年、一四頁
*16――ドストエフスキー前掲書一巻、八八頁
*17――ドストエフスキー前掲書一巻、八八-八九頁
*18――ドストエフスキー前掲書一巻、九二頁
*19――ドストエフスキー前掲書一巻、九三頁
*20――ドストエフスキー前掲書一巻、一〇〇-一〇一頁
*21――ドストエフスキー前掲書一巻、一〇一頁
*22――ドストエフスキー前掲書一巻、一一七頁
*23――ドストエフスキー前掲書一巻、一一七-一一八頁

○第六章

*1――高野雅之『ロシア思想史――メシアニズムの系譜』早稲田大学出版部、一九八九年、二八三頁

*2――高野雅之前掲書、二八五頁

*3――ドストエフスキー『作家の日記』小沼文彦訳、ちくま学芸文庫、一九九八年、三巻、四七六-四七七頁

*4――ドストエフスキー前掲書三巻、四七八-四七九頁

*5――ドストエフスキー前掲書三巻、四七八頁

*6――ドストエフスキー前掲書三巻、三〇七-三〇八頁

*7――ドストエフスキー前掲書五巻、一四四頁

*8――ドストエフスキー前掲書四巻、二六七頁

*9――ドストエフスキー前掲書四巻、二六九頁

*10――ドストエフスキー前掲書二巻、三六二頁

*11――ドストエフスキー前掲書二巻、三六三-三六四頁

*12――ドストエフスキー前掲書二巻、三六六-三六七頁

*13――ドストエフスキー前掲書二巻、三六五-三六六頁

*14――ドストエフスキー前掲書二巻、三六九頁

*15――ドストエフスキー前掲書二巻、八八-八九頁

*16――ドストエフスキー前掲書二巻、八九頁

*17――ドストエフスキー前掲書四巻、二八六頁

*18――ドストエフスキー前掲書四巻、二八七頁

*19――ドストエフスキー前掲書四巻、二八七-二八八頁

*20――ドストエフスキー前掲書四巻、二八三頁

*21――ドストエフスキー前掲書三巻、四〇頁

*22――ドストエフスキー前掲書三巻、四一頁

*23――ドストエフスキー前掲書三巻、四九-五〇頁

*24――ドストエフスキー前掲書三巻、五二頁

*25――ドストエフスキー前掲書三巻、五二頁

*26――ドストエフスキー前掲書四巻、三四-三五頁

*27――ドストエフスキー前掲書四巻、三七頁

*28――ドストエフスキー前掲書四巻、四三頁

*29――ドストエフスキー前掲書三巻、五三-五四頁

*30――ドストエフスキー前掲書四巻、二七六頁

○第七章

*1――ドストエフスキー『作家の日記』小沼文彦訳、ちくま学芸文庫、一九九八年、四巻、一八八-一八九頁

*2――ドストエフスキー前掲書四巻、一九〇頁

*3――ドストエフスキー前掲書四巻、一九〇-一九一頁

*4――ドストエフスキー前掲書四巻、四六〇頁

*5――ドストエフスキー前掲書五巻、二一四-二一五頁

＊6――ドストエフスキー前掲書五巻、二一五頁
＊7――ドストエフスキー前掲書四巻、二二〇頁
＊8――ドストエフスキー前掲書四巻、二三一頁
＊9――ドストエフスキー前掲書四巻、二六〇-二六一頁
＊10――ソルジェニーツィン『マトリョーナの家』木村浩訳、岩波文庫、一九八七年、七八-七九頁
＊11――マイケル・ベーレンバウム『ホロコースト全史』芝健介日本語版監修、創元社、一九九六年、三二二頁
＊12――ドストエフスキー前掲書四巻、二六四頁

○第八章
＊1――勝田吉太郎『近代ロシヤ政治思想史（下）』（勝田吉太郎著作集第二巻）ミネルヴァ書房、一九九三年、九-一〇頁
＊2――高野雅之『ロシア思想史――メシアニズムの系譜』早稲田大学出版部、一九八九年、一七四-一七五頁
＊3――勝田吉太郎前掲書、七八頁
＊4――勝田吉太郎前掲書、八二頁
＊5――勝田吉太郎前掲書、八三頁
＊6――勝田吉太郎前掲書、八五-八六頁
＊7――勝田吉太郎前掲書、八四頁
＊8――勝田吉太郎前掲書、一〇〇頁
＊9――勝田吉太郎前掲書、一〇二頁
＊10――高野雅之前掲書、一八〇頁
＊11――高野雅之前掲書、一八一-一八二頁
＊12――勝田吉太郎前掲書、一二二-一二三頁
＊13――勝田吉太郎前掲書、一六〇頁
＊14――高野雅之前掲書、二六二頁
＊15――高野雅之前掲書、二六四頁

○第九章
＊1――ドストエフスキー『作家の日記』小沼文彦訳、ちくま学芸文庫、一九九八年、二巻、四七四-四七五頁
＊2――ドストエフスキー前掲書二巻、四七六頁
＊3――ドストエフスキー前掲書二巻、二七一頁
＊4――ドストエフスキー前掲書四巻、一三五頁
＊5――ドストエフスキー前掲書四巻、一三五-一三六頁
＊6――西郷隆盛『西郷南洲遺訓』山田済斎編、岩波文庫、一九三九年、一一頁

＊7――ドストエフスキー前掲書四巻、一七四頁
＊8――ドストエフスキー前掲書二巻、四八三頁
＊9――ドストエフスキー前掲書二巻、四八七頁
＊10――ドストエフスキー前掲書二巻、四八七頁
＊11――ドストエフスキー前掲書二巻、四八八頁
＊12――ドストエフスキー前掲書二巻、四八九頁
＊13――ドルイド教と原始キリスト教が渾然と混じり合った信仰において、目に見えないが信じられている霊的存在。女性の姿をし、よいファドと悪いファドがいる。
＊14――ジョルジュ・サンド『ジャンヌ――無垢の魂をもつ野の少女（ジョルジュ・サンドセレクション5）』持田明子訳、藤原書店、二〇〇六年、二二四－二二五頁
＊15――ジョルジュ・サンド前掲書、二二五頁
＊16――ジョルジュ・サンド前掲書、二五六頁
＊17――ジョルジュ・サンド前掲書、二六九頁
＊18――ジョルジュ・サンド前掲書、二五九頁
＊19――ドストエフスキー前掲書二巻、四九二頁

○第一〇章

＊1――高野雅之『ロシア思想史――メシアニズムの系譜』早稲田大学出版部、一九八九年、三〇一頁
＊2――米川正夫『ドストエーフスキイ全集第一五巻「解説」』河出書房新社、一九七〇年、五一九頁
＊3――米川正夫前掲書、五二〇頁
＊4――ドストエフスキー『作家の日記』小沼文彦訳、ちくま学芸文庫、一九九八年、六巻、三一頁
＊5――ドストエフスキー前掲書六巻、三三頁
＊6――ドストエフスキー前掲書六巻、三四頁
＊7――ドストエフスキー前掲書六巻、三六頁
＊8――ドストエフスキー前掲書六巻、三七頁
＊9――ドストエフスキー前掲書六巻、三七頁
＊10――プーシキン『ジプシー・青銅の騎手』蔵原惟人訳、岩波文庫、一九五一年、九四頁
＊11――ドストエフスキー前掲書六巻、三七頁
＊12――プーシキン『ジプシー』前掲書、一〇六頁
＊13――ドストエフスキー前掲書六巻、三八頁
＊14――ドストエフスキー前掲書六巻、四〇－四一頁
＊15――ドストエフスキー前掲書六巻、四一頁

*16――プーシキン『エヴゲニー・オネーギン』池田健太郎訳、岩波文庫、二〇〇六年、四三‐四四頁
*17――ドストエフスキー前掲書六巻、四二頁
*18――ドストエフスキー前掲書六巻、四三‐四四頁
*19――プーシキン『オネーギン』前掲書、一四一頁
*20――ドストエフスキー前掲書六巻、四四頁
*21――ドストエフスキー前掲書六巻、四五頁
*22――ドストエフスキー前掲書六巻、四六頁
*23――ドストエフスキー前掲書六巻、四七頁
*24――ドストエフスキー前掲書六巻、四七‐四八頁
*25――一二月党員。貴族の将校が中心となり、一八二五年一二月に専制政治打倒をめざして決起した。
*26――ドストエフスキー前掲書六巻、五〇頁
*27――ドストエフスキー前掲書六巻、五一頁
*28――プーシキン『オネーギン』前掲書、一七八‐一七九頁
*29――ドストエフスキー前掲書六巻、五四頁
*30――ドストエフスキー前掲書六巻、五四頁
*31――ドストエフスキー前掲書六巻、五七頁
*32――ドストエフスキー前掲書六巻、五九‐六〇頁
*33――ドストエフスキー前掲書六巻、六〇頁
*34――ドストエフスキー前掲書六巻、六一頁
*35――ドストエフスキー前掲書六巻、六三頁
*36――ドストエフスキー前掲書六巻、六五‐六六頁

〇あとがき

*1――ドストエフスキー『作家の日記』小沼文彦訳、ちくま学芸文庫、一九九八年、六巻、一八三頁
*2――ドストエフスキー前掲書六巻、一九四頁

■参考文献

内村剛介『スターリン獄の日本人――生き急ぐ』中公文庫、一九八五年
内村剛介編『スターリン時代（ドキュメント現代史4）』平凡社、一九七三年
勝田吉太郎『近代ロシヤ政治思想史（上）（下）（勝田吉太郎著作集第一巻・第二巻）』ミネルヴァ書房、一九九三年
高野雅之『ロシア思想史――メシアニズムの系譜』早稲田大

学出版部、一九八九年
西郷隆盛『西郷南洲遺訓』山田済斎編、岩波文庫、一九三九年
サンド、ジョルジュ『ジャンヌ――無垢の魂をもつ野の少女（ジョルジュ・サンドセレクション5）』持田明子訳、藤原書店、二〇〇六年
ソルジェニーツィン『マトリョーナの家』木村浩訳、岩波文庫、一九八七年
ドストエフスキー『作家の日記』全六巻、小沼文彦訳、ちくま学芸文庫、一九九八年
外山継男『ロシアとソ連邦』講談社学術文庫、一九九一年
トルストイ『アンナ・カレーニナ』木村浩訳、新潮文庫、一九九八年
トルストイ『人生・宗教・哲学』原卓也編訳、白水社、二〇〇二年
中村健之介『永遠のドストエフスキー――病いという才能』中公新書、二〇〇四年
プーシキン『オネーギン』池田健太郎訳、岩波文庫、二〇〇六年
プーシキン『ジプシー・青銅の騎手――他二編』蔵原惟人訳、岩波文庫、一九五一年
プーシキン『青銅の騎士（ロシア名作ライブラリー）』郡伸哉訳、群像社、二〇〇二年
ベーレンバウム、マイケル『ホロコースト全史』芝健介日本語版監修、創元社、一九九六年
松田道雄編『ロシア革命（ドキュメント現代史1）』平凡社、一九七二年
望月哲男「19世紀ロシア文学のヴォルガ表象」『境界研究』二号、二〇一一年
米川正夫『ドストエーフスキイ全集第一五巻「解説」』河出書房新社、一九七〇年
渡辺京二『ドストエフスキイの政治思想（渡辺京二傑作選4）』洋泉社、二〇一二年

■年　譜（ドストエフスキー自身と家族に関わる事項以外はゴシック体とした。）

一八二一年（　〇歳）　一〇月三〇日、フョードル・ドストエフスキー生まれる。父ミハイルはウクライナの地方都市の司祭長。ミハイルはフョードルが六歳のとき、領地を買い取り世襲貴族となる。

一八三一年（一〇歳）　ドストエフスキー、父の新領地で、後に『作家の日記』の「百姓マレイ」のモデルとなる農奴に出会う。

一八三七年（一六歳）　**詩人プーシキン決闘で死亡。**母死去。

一八三八年（一七歳）　陸軍中央工兵学校入学。

一八三九年（一八歳）　父ミハイル、領地で農民に殺害される。

一八四三年（二二歳）　工兵学校卒業、ペテルブルクへ配属される。

一八四六年（二五歳）　『貧しき人々』発行。文学界で、新たなゴーゴリの登場と絶賛される。このころ、ペトラシェフスキーと知り合う。

一八四七年（二六歳）　ペトラシェフスキーのサークルに定期的に出席。フーリエら、当時の社会主義文献の研究会に参加。

一八四八年（二七歳）　**フランスで二月革命。マルクス、共産党宣言発表。**

一八四九年（二八歳）　四月、ペトラシェフスキー事件で同志たちとともに逮捕される。一二月、死刑宣告ののち、執行寸前に特赦。シベリア流刑となる。判決は、懲役四年、刑期満了後兵役勤務四年。

一八五〇年（二九歳）流刑地オムスクに着く。

一八五二年（三一歳）ゴーゴリ死去。

一八五三年（三二歳）クリミア戦争始まる。

一八五四年（三三歳）二月、刑期が満了し、セミパラチンスクで兵役に就く。トルストイ『幼年時代』『少年時代』、ツルゲーネフ『猟人日記』

一八五五年（三四歳）二月、皇帝ニコライ死去、アレクサンドル二世即位。

一八五六年（三五歳）三月、クリミア戦争終結。

一八五七年（三六歳）二月、マリヤ・イサエワと結婚。

一八五九年（三八歳）三月、少尉の資格で退役。一二月、ペテルブルク居住。

一八六〇年（三九歳）兄と共に雑誌『ヴレーミヤ』発行を企画し奔走。

一八六一年（四〇歳）一月、雑誌『ヴレーミヤ』創刊。『虐げられた人々』『死の家の記録』などを連載。農奴解放令発布。同時に、農民の騒乱事件が翌六二年にかけて全国で勃発。

一八六二年（四一歳）最初の外遊。ロンドンにてゲルツェン、パクーニンら亡命中の思想家と対話。

一八六三年（四二歳）『ヴレーミヤ』政府により発禁。生活が乱れ、借金と賭博を繰り返す。

一八六四年（四三歳）『地下室の手記』発表。妻マリア死去。

一八六六年（四五歳）『罪と罰』連載開始（六七年発行）。ペトラシェフスキー、シベリアで死去。カラコーゾフによるアレクサンドル二世暗殺未遂事件。第一インターナショナル大会ジュネーブで開催。

一八六七年（四六歳）速記者のアンナ・スニートキナと結婚、この後、債権者を逃れるため約四年間、ヨーロッパ各地を転々とする。

一八六八年（四七歳）『白痴』連載開始、年内で完結する。

一八六九年（四八歳）ネチャーエフ事件（セルゲイ・ネチャーエフが革命結社の一員を権力のスパイとして射殺）。その後翌年にかけて反体制運動家の大量逮捕続く。

一八七〇年（四九歳）普仏戦争勃発。

一八七一年（五〇歳）パリ・コミューン。七月、ペテルブルクに戻る。この年から七二年にかけて『悪霊』断続的に連載。ダニレフスキー『ロシアとヨーロッパ』発行。

一八七三年（五二歳）雑誌『市民』の編集を引き受け、『作家の日記』連載始まる。『悪霊』発行。

一八七四年（五三歳）『市民』編集長辞任。

一八七五年（五四歳）『未成年』発表。トルストイ『アンナ・カレーニナ』連載開始。

一八七六年（五五歳）月刊個人雑誌『作家の日記』発行開始。オスマン帝国からの独立を求めるセルビア、モンテネグロ、ブルガリアなど各スラブ民族に対する弾圧過程で、トルコによるブルガリア人虐殺事件が発生、汎スラブ主義者たちはスラブ民族救援を訴え、民間義勇軍がバルカンに向かう。

一八七七年（五六歳）詩人ネクラーソフ死去、墓前で追悼演説。四月、ロシア帝国、トルコに宣戦布告、露土戦争勃発。ロシア軍、優位のうちに進む。

一八七八年（五七歳）三月、サン・ステファノ条約締結。セルビア、モンテネグロ、ブルガリアの独立。しかし、ロシアのバルカン半島における勢力拡大を望まないドイツ、フランス、イギリス等の圧力のもとベルリン条約が再締結される。

『カラマーゾフの兄弟』をこの年から執筆のため『作家の日記』を中断。
ヴェーラ・ザスーリッチ、ペテルブルク市長狙撃。その後も革命家によるテロ事件続く。

一八七九年（五八歳）　アレクサンドル二世狙撃される。

一八八〇年（五九歳）　六月「プーシキン記念祭」にて講演。復刊した『作家の日記』に講演録収録。一一月『カラマーゾフの兄弟』完結。

一八八一年　一月二八日死去。享年五九歳。二九日『作家の日記』最終号が発行。三月、アレクサンドル二世暗殺。

ロシアが終わるとき――あとがきにかえて

感動的なプーシキン講演が収録された一八八〇年八月号のあと、『作家の日記』最終号は一八八一年一月二九日、ドストエフスキーが世を去った翌日に発行された。ドストエフスキーはこの最終号において、独特の「財政論」を展開している。ドストエフスキーはもちろん経済学にはほとんど興味がないことを自ら認めており、そこで強調されていたのは、何よりも、資本主義と近代化が、民衆を精神的に「孤独」に追いやっていることだった。すべてが自己責任の論理にさらされ、民衆を精神的、経済的に保護するものはまったくなくなっている。さらに、農奴解放以後かえって経済格差がひろがり、民衆は、富を獲得するためには手段を選ばない者と、絶望し酒や一時の娯楽にすがる者に分かれていく。

ドストエフスキーは、財政問題の根本にあるものを、このような民衆の孤独と絶望であるとみなした。ロシアの近代化は一定程度成功したが、それは官僚機構、法律家、裁判所など、民衆から見れば遠い存在である「おかみ」を生み出しただけで、逆にそれまでの拠り所だった農村共同体を破壊してしまった。そして現在「民衆にはただ神と皇帝がいるだけで、――このふたつの力とふたつの偉大な希望によってやっと支えられている始末なのである」[*1]という。

ドストエフスキーは、現在のロシアの危機を脱するためには、知識人はその傲慢さや特権意識を捨て、民衆の本音に耳を傾け、それをいかに政治的に実現するかを考えるべきなのだと訴えた。そして、その「本音」の根本をなすものは、正教への信仰であり、同時にロシア皇帝への尊敬の念であるとみなした。

「民衆は皇帝の赤子、正真正銘の子供、それこそ血を分けた、本当の子供であり、皇帝はその慈父なのである。『皇帝は国民の慈父である』というのは、わが国にあっては単なる言葉、単なる空名、単なる名称にすぎないのであろうか？　そんなふうに考えている人は、ロシヤのことなどなに一つ分かってはいないのだ！　いいや、ここに見られるのは深い、きわめて独創的な理念である、ここにあるのは生きいきとした、力強い有機体、自分たちの皇帝と一つに溶け合った、国民という有機体である。この理念こそはまさに力である。この力は数世紀の歳月をかけて、特に民衆にとっては恐ろしいものであった、この二世紀のあいだに創り上げられたものなのだ[*2]」

これを単純に、ドストエフスキーともあろう人が皇帝幻想にとらわれ、専制を肯定しているのかと笑うことはできない。ここでドストエフスキーは、ロシア民衆の皇帝への一体化という意識は、「この二世紀」つまり、ロシアの近代化が始まって以後のことだと明言している。その近代化がもたらしてきたもの、それは『作家の日記』全体で何度も強調してきたように、知識人と民衆の遊離であり、伝統的価値観の崩壊と共同体の崩壊、そして民衆の疎外が進んできたことだった。それを進歩と近代国家確立のためにはやむをえないとみなすか、それを取り返しのつかぬ崩壊とみなすか、それは思想家によって分かれる地点である。ドストエフスキーは後者であり、そして、民衆にとってロシア皇帝とは、正教への信仰同様、この近代化に対するもっとも大きな砦として存在していたのだ。この民衆意識を見ずに、ロシア皇帝を単に抑圧と専制の対象、民衆の敵とみなす知識人は、ロシアの現状をまったく理解できていない、とドストエフスキーはいいたかったのである。

ドストエフスキーの最後の長編小説『カラマーゾフの兄弟』は、よく知られているように実は未完の小説だ。そして、死によって中断された続編では、革命と皇帝暗殺がテーマとなる予定だったことも、多くの研究者が明らかにしている。当時は、革命家によるテロルや、皇帝に向けての暗殺未遂事件が起きていた。ドストエフスキーは文学者として、思想家として、この重大なテーマに取り組もうとしていたのだろう。おそらくドストエフスキーには、帝政の終わりは、ロシアが近代に屈し、民衆の夢や幻想を支える巨大な存在が崩壊する暗黒の未来をもたらすものとしてとらえられていたのではないか。ドストエフスキーの死後わずか二か月後の三月一日、ロシア皇帝アレクサンドル二世は暗殺に斃れる。もしもドストエフスキーに今しばらくの寿命があれば、この事件をどう『作家の日記』で論じ、また、『カラマーゾフの兄弟』の続編にどう反映させたのか、ぜひ読んでみたかった。

さらに、『作家の日記』最終号では、コンスタンチノープルへの道が断たれた今、ロシアはむしろシベリアに鉄道を通し、アジアに進出すべきだという論が展開される。これは実際にロシア帝国の外交政策となり、日露戦争にまでつながったことはいうまでもあるまい。そして、日露戦争におけるわが国の奮戦は、ロシア国内での厭戦意識、社会不安をさらに強めた。ガボン神父に率いられた民衆は、戦争中の一九〇五年一月、皇帝に対し、戦争の中止と一定の民主的改革を訴えて請願デモを行ったが、これに対し警察や軍隊が発砲、「血の日曜日事件」が発生。民衆の皇帝幻想は打ち砕かれた。ここから一九一七年のロシア革命までは一直線である。ある意味、ドストエフスキーが信じ、守ろうとした「ロシア」は、これ以後失われていったといってもよいだろう。

ドストエフスキーの『作家の日記』は、近代と格闘した一人の知識人のドラマである。その表面に現れた〝聖戦〟論、反ユダヤ主義、コンスタンチノープル領有論などの表層の言説にとらわれなければ、この『日記』には、ドストエフスキーの思想がもっとも直截的な形で表れていることに気がつくであろう。わたしはこの長大な作品を読みながら、『罪と罰』『白痴』『悪霊』『未成年』そして『カラマーゾフの兄弟』などに発展していくテーマがいくつも見出せることに気づいた。その長編小説との比較や関係などを論じてみようかとも思ったのだが、それはとてもわたしの力に余ることでもあり、まず読者に、あまりにも軽んじられている『作家の日記』そのものを紹介したく思ったため、今回本書ではほとんどドストエフスキーの小説には触れていない。

またドストエフスキーは、『作家の日記』にさまざまな裁判の傍聴記を載せている。とくに女性を被告としたものでは、世間的には重罪とみなされるものでも、しばしば被告の立場に立って弁論を展開している。また、子供たちへの大人の「教育」と称する体罰にも明確に反対しており、その論調は、現代の人権意識から見てもまことに優れたものである。しかし、このようなドストエフスキーの姿勢は、近代的な人権意識よりも、社会的弱者、とくに寡婦や子供への深い共感(同情というよりも、自らがその苦しみや環境に一体化してしまうのだ)によるものと思われる。これもまたドストエフスキーの思想や文学を考える上で重要なテーマなのだが、今回充分な考察ができなかったのは少し残念に思う。これらの問題は、また将来のテーマとして考えていきたい。

ドストエフスキーという偉大な存在を前にして、筆者の筆があまりに力量不足であることは最初からわかっていた。それでも本書に取り組もうと思ったのは、何よりも、勝田吉太郎氏のロシア政治思想論、高野雅之氏のロシアのメシアニズム研究といった、偉大な導き手があったからである。そして、約二〇年前に読み、そして読み返すたびに底知れぬ感銘を覚える、渡辺京二氏の評論『ドストエフスキイの政治思想』が、何よりも『作家の日記』という巨大な迷路のような書をたどるための思想的な羅針盤となった。これら偉大な先駆者なくして、わたしはなにごともなしえなかっただろう。なお、勝田吉太郎氏は、この七月に天国に旅立たれた。心より学恩を謝し、その霊魂に拙著を捧げたい。

そして、もやもやとここ数年考えてきたことを、このように書物として世に出すきっかけを与えてくれたのは、萬書房社長の神谷万喜子氏との偶然の出会いである。神谷氏とは最初、北朝鮮の人権問題について話し合い、この方が言葉のもっとも深い意味で、公正な方であることに感じ入った。その後、わたしのたっての希望で出したかったこの本を形にするために、さまざまなアドバイスと配慮をいただき、本書を少しでもよいものにするため編集として力を尽してくださったことを深く感謝する。本書がいくらかでも神谷氏の期待に応えるものになってくれることを祈ってやまない。

二〇一九年一一月

著者識

三浦小太郎
（みうら　こたろう）

一九六〇（昭和三五）年東京生まれ。現在、アジア自由民主連帯協議会事務局長。北朝鮮やアジア諸民族の問題に取り組むとともに、「正論」「Hanada」「月刊日本」などに執筆。

主な著書に『嘘の人権　偽の平和』（高木書房、二〇一〇年）、『渡辺京二』（言視舎、二〇一六年）、『なぜ秀吉はバテレンを追放したのか』（ハート出版、二〇一九年）など。

ドストエフスキーの戦争論
——『作家の日記』を読む

二〇一九年一一月三〇日初版第一刷発行

著　者　三浦小太郎
装　幀　西田優子
発行者　神谷万喜子
発行所　合同会社　萬書房
〒二二二-〇〇一一　神奈川県横浜市港北区菊名二丁目二四-一二-二〇五
電話　〇四五-四三一-四四二三　ＦＡＸ　〇四五-六三三-四二五二
yorozushobo@tbb.t-com.ne.jp　http://yorozushobo.p2.weblife.me/
郵便振替　〇〇二三〇-三-五二〇二二
印刷製本　モリモト印刷株式会社

ISBN978-4-907961-15-2　C0095

萬書房の本

尾崎翠の感覚世界

《併録》尾崎翠作品「第七官界彷徨」「歩行」他

加藤幸子著　四六判上製二五六頁／本体価格二三〇〇円

名著復刊！　芥川賞作家による尾崎翠讃歌。本作品論で言及した「第七官界彷徨」「歩行」「地下室アントンの一夜」も併録。尾崎翠論を読み、尾崎翠作品を愉しむ…至幸の時。

あたたかい病院

宮子あずさ著　四六判並製二〇八頁／本体価格一八〇〇円

首都圏にある三百床規模の総合病院を舞台に、そこで働く様々な経歴の看護師たちと、日々起こる小さな事件を、ときにコミカルに、愛情をもって描く。著者の小説第三弾。

とぼとぼ亭日記抄

高瀬正仁著　B六変形判上製一七六頁／本体価格一六〇〇円

若き数学徒と伝説のラーメン屋との奇妙で不思議な友情を描く、著者初の自伝小説。「これは僕の〈私的〉最終講義です」

萬書房の本

発達障害バブルの真相
救済か？魔女狩りか？　暴走する発達障害者支援

米田倫康著

四六判並製二五六頁／本体価格二〇〇〇円

発達障害の過剰診断の下、子供達が精神薬漬になっている現状に警鐘を鳴らす。繰り返される悲劇から身を守るためには「専門家」というだけで妄信しないことが重要と説く。

沈黙を越えて
知的障害と呼ばれる人々が内に秘めた言葉を紡ぎはじめた

柴田保之著

四六判並製二三二頁／本体価格二〇〇〇円

重度重複障害・自閉症・遷延性意識障害等でも人は皆豊かな言葉の世界をもつことを長年の実践研究から明らかに。

節英のすすめ
脱英語依存こそ国際化・グローバル化対応のカギ！

木村護郎クリストフ編著

四六判並製二八八頁／本体価格二〇〇〇円

英語の光と影を様々な角度から検証、節度をもった英語の使い方「節英」を提案する。節英の具体的方法も満載。

萬書房の本

ＡＩＤで生まれるということ
精子提供で生まれた子どもたちの声

非配偶者間人工授精で生まれた人の自助グループ（ＤＯＧ）・長沖暁子編著　四六判並製二〇八頁／本体価格一八〇〇円

ＡＩＤで生まれた当事者六人が、その苦悩や家族との葛藤、提供者への思い等々、自分の言葉で綴った初めての書。

紀見峠を越えて　岡潔の時代の数学の回想

高瀬正仁著　四六判上製二七二頁／本体価格二三〇〇円

世界的な数学者・岡潔の人生と学問を追い続けてきた著者による渾身のオマージュ。情緒の数学史構想の原点であり、「岡潔の数学」を理解するための入門書。

森はマンダラ　森と人との愛の関係

徳村　彰著　四六判並製二一六頁／本体価格一九〇〇円

「森はマンダラ」は、足かけ二四年間、便利なもの一つない森に生きて、ようやく辿りついた境地（思想）。人間中心主義への疑問、「ねばならない」からの解放、生きるとは何かを問う。